MOUNTAIN

登自己的山

————

All This Wild Hope

江湖中的沉重正义

金托邦

蔡栋 著

GUANGXI NORMAL UNIVERSITY PRESS
广西师范大学出版社
·桂林·

图书在版编目(CIP)数据

金托邦：江湖中的沉重正义 / 蔡栋著. —— 桂林：
广西师范大学出版社, 2024. 9. —— ISBN 978-7-5598
-7333-0

Ⅰ. I207.425

中国国家版本馆CIP数据核字第2024YG6384号

JIN TUO BANG : JIANGHU ZHONG DE CHENZHONG ZHENGYI
金托邦：江湖中的沉重正义

作　　者：蔡　栋
责任编辑：谭宇墨凡
封面设计：王柿原
内文制作：燕　红

广西师范大学出版社出版发行

广西桂林市五里店路9号　邮政编码：541004
网址：www.bbtpress.com

出　版　人：黄轩庄
全国新华书店经销
发行热线：010-64284815
北京鑫益晖印刷有限公司印刷
开本：880mm×1230mm　1/32
印张：9.5　　　　字数：171千
2024年9月第1版　2024年9月第1次印刷
定价：54.00元

如发现印装质量问题，影响阅读，请与出版社发行部门联系调换。

目 录

帮派：帮帮有本难念的经

人物：江湖侠骨已无多

前言　金庸江湖

一个反乌托邦的乌托邦

一

一个把江湖想象成权谋场的故事，一定不是好故事。

幸而金庸笔下的江湖没有落入这样的俗套。

我第一次阅读金庸的小说是在 20 世纪 90 年代。那是一套从舅舅家借来的《天龙八部》。读到《崖高人远》一回时刚好是傍晚，窗外无数高高低低的楼房即将隐进暮色，恰在此时南海鳄神扯掉了木婉清的斗篷，扬手扔出，从悬崖上落进了澜沧江。我对这一处无关紧要的细节的印象极其深刻，还记得书中交代了那件斗篷宛似荷叶，"飘飘荡荡"，"向下游飞去"。高高的悬崖、湍急的江流，斗篷自高处而下，随江流而远，一路不知还有多少未知的风景。就像我同样不知道，《天龙八部》这扇大门打开后，里面还有多少未知的精彩。

打开一本金庸小说满怀期待，合上一本金庸小说则满腹怅然。我虽始终不知道那件宛似荷叶的斗篷飘去了哪里，却很快读完了金庸的全部作品。博尔赫斯《永生》开篇引用了两句古老的名言："天下并无新鲜之事"，"一切新鲜之事只是遗忘"。读罢金庸，常有此感：世间再无新鲜的故事；一切新鲜故事的出现只是因为你遗忘了金庸。

金庸呈现了一个复杂又多元的江湖。

所谓江湖，本是政治共同体之外的空间，是庙堂上的钟鼓声音所不能及之处，是权力的光芒照不到的犄角旮旯。这里要么成为桃源世界，人人用鸡汤泡澡；要么只剩丛林法则，让霍布斯每天睡不着觉。但金庸江湖却形成了理想的规则：武林中人要讲武德。

我们稍微将一将。这里说的武德，其实很朴素，往往出自道德直觉。不能伤害妇孺，不能伤害手无寸铁之辈，见义勇为，锄强扶弱，千金一诺，光明磊落……这些规则，也同样充满了士大夫的理想情怀。锄强扶弱的背后是"不忍人之心"，它的延伸则是对兵火余烬之下"世人苦难方深"的悲悯。

这些规则又是"义务论"的，行动本身就要遵循道义的要求。行侠仗义之前，群侠很少去考量得失，也很少权衡收益与代价之间的关系。我可以重利轻义乃至舍生取义，但绝不应该让你充当那个为了实现目的而被牺牲掉的"代价"。

　　精明到把任何人当成工具，是没有市场的。工具理性在这里不是什么硬通货。否则你理解不了"蛮劲发作"孤身大闹聚贤庄的乔峰，理解不了糊里糊涂"毫没来由"为向问天打抱不平的令狐冲，理解不了护送杨不悔万里西行几乎走出了唐僧西天取经难度的少年张无忌，更理解不了无数疯疯傻傻、行事毫无逻辑却充满人格魅力的武林名士。

　　这些规则只是应该被遵守，可事实上并非人人都遵守，甚至有些时候面对规则毁坏者，大家束手无策。但这些规则始终是江湖是非观的核心构成，是一种基于道义的武林共识。即便我没有能力惩罚那个无视道义的人，但我们都知道他是恶人。

　　如果只是这样，我们只能说金庸世界充满了理想色彩，但很难说这个江湖有多复杂，也很难说这和化用"乌托邦"的书名有什么联系。在充满道德理想的江湖水面上，慢慢有两件事情浮了出来。

　　这两件事情一旦浮出水面，在重要性和紧迫性上就开始高居一切规则之上。一件叫作"正邪之判"，另一件叫作"华夷之辨"。江湖观念史的流向开始改变。

二

　　当一群不讲武德、破坏道义规则——或者只是传说中不讲武德、破坏规则——的人抱成团，魔教就诞生了。名门正派和魔教之间的对峙和冲突，有太长的故事要讲，有太多的观念变化在这种对峙中发生。一言以蔽之，最后的结果是名门正派祭出了终极大杀器：对不讲武德或者传说中不讲武德的人可以不讲武德。于是，对付魔教要"不择手段"，"除恶务尽"，这成了凌驾于道义和武德之上的新的铁律。

在江湖群雄眼中，魔教无孔不入。不能给魔教任何死灰复燃的机会。除了要消灭魔教，还要消灭"潜在的"魔教，消灭"疑似的"魔教，消灭魔教思想的易感体质群体，甚至还要消灭那些"我觉得你是"的魔教。于是，魔教成员的朋友、接触者、同情者、妻儿亲属、老弱妇孺，皆有了可杀的罪名。

"华夷之辨"对江湖观念史的影响，几乎和"正邪之判"一样。它使整个江湖的气氛紧张起来，给了中原武林逾越道义规则约束的借口。"正邪之判"要求"除恶务尽"，"华夷之辨"要求"共抗胡虏"。这些成为凌驾于一切原则之上的最高目标。没有魔教的正义武林、没有"胡虏"的大好河山似乎就是江湖群侠所能想象的最好的政治生态，也就是他们心中的乌托邦。

为了实现这个最好政治生态的梦想，金庸江湖中始终存在一种进行力量整合的内在精神驱动力。要把多种力量整合成一种力量，要把所有资源用来实现最高目标，要把各种声音整合成一种声音。与此伴随而生的，是追求整齐划一的集体行动，并把众多帮派不断联盟化、组织化。

为了理想，任何人都可以成为"代价"。只要能消灭魔教，只要能击败"胡虏"，可以不要道义、不讲武德、无所谓义气，可以牺牲所有朴素的道德直觉。于是，金庸江湖的乌托邦走到了道义的尽头。

"射雕三部曲"是江湖中家国叙事的集大成者，形象比杨过和张无忌伟岸的郭大侠成为宏大叙事的最后之人。此后，金庸江湖进入了对乌托邦的反思。于是，曾经最重视"华夷之辨"并为此屡立奇功的萧峰本人竟然就是"夷狄"。潇洒的令狐冲根本不关心朋友是不是魔教中人，他关心的是兜里的银子够换多少酒以及小师妹有没有唱福建山歌。韦小宝从头到尾都没有进入庙堂叙事，他除了喜欢银子和阿珂，也保持了讲义气、重亲情这些朴素的情感。文化程度不高和性格的狡黠顽劣反而使他免于被抽象的意识形态剥夺做人的常识。

即便是郭靖这样入世的英雄，大概也想过最理想的人生结局是功成身退。古仁人往往有一番功成身退的情怀：做出一番拯救黎民苍生、扭转乾坤的大事业，然后不贪恋功名、不求富贵闻达，更要戒骄戒满，知"亢龙有悔"，最后急流勇退。所谓"永忆江湖归白发，欲回天地入扁舟"。

可是，在金庸江湖的乌托邦里，郭靖、陈近南这样伟岸的大侠，纵使真有回天之功，但功成之后，还能归得了江湖吗？当江湖中的每个人只有"回天"一个观念时，江湖就不再是江湖了。你回去的，绝不是芦苇丛畔的扁舟，而是金明池里的巨舰。

三

金庸江湖里始终弥漫着乌托邦的氤氲雾气，也闪烁着反乌托邦的粼粼波光。本书的目的，也正是要在这迷雾与波光中一路探索金庸江湖的政治哲学。

当试图解读某本小说中的"政治"，或者从"政治"角度来解读某部文艺作品时，我们往往习惯将"政治"片面理解为一种类似职场纷争、嫔妃宫斗、办公室风云这样波谲云诡的权力博弈。人们偶尔不愿意相信"人性"以及人的观念世界是多元而复杂的。每当进入文学中的"政治"，大家更愿意把"人性"看作是"生存至上"或"利益至上"的同义词。把复杂到几乎无解的问题用一两条包打天下的万能公式来解答，不仅轻松，还能让人获得一种深刻洞悉事物本质的优越感，哪怕这不过是错觉。

当"政治"的含义坍缩成利益争夺，当"利益的标准"

垄断了江湖事件的解释权，我们再讨论什么乌托邦与反乌托邦，什么权力边界、集体与个人、目的与手段、正义与权利，似乎就显得是那么幼稚可爱。当说"政治"可以是对宏大叙事、权力话语，以及对个体尊严的思考时，我实在是太过一本正经又不合时宜。

本书所要谈论的金庸江湖中的"政治"，恰恰是这么一本正经，又恰恰是如此幼稚。本书也可以说是在写"金庸江湖中正经而幼稚的政治学"。幼稚属于我，当然不属于金庸。恰恰是因为金庸作品中呈现的公共议题的可挖掘深度，我有了"从政治哲学的角度对其探究一番"这样自不量力的想法。

以赛亚·伯林很喜欢康德的那句名言，即"人性的曲木制不成笔直之物"。其实金庸笔下的作品，更直观地呈现了伯林所关心的这个问题。武林中的无数怪才，又怎么能做得成肃穆的庙堂上整齐如一的廊柱？

如果对类似的问题感兴趣，请沿着本书的线路一起进入金庸江湖吧。

欢迎来到金托邦。

天下

处江湖之远则思利维坦

百无一用的打狗棒

江湖政治信物的衰落与重新发明

一、信物的权威

中国历史上的政治信物形形色色：天子六玺、白旄黄钺、印绶兵符……戏文里的尚方宝剑更是"号令天下，莫敢不从"，大有"皇帝金扁担不出，谁与争锋"的气势。

政治信物就是底气。只要这玩意儿在手，就能玩出"爽文"的花样。西汉朱买臣任会稽太守，非把印绶藏在怀里，微服赴任。大家都不把他当盘菜，他慢慢把绶带一露，就像刻意露出奢侈品内衣的商标。大家的眼珠子慢慢瞪圆。等大印啪的一声亮出来，一个穷汉逆袭的爽文故事就在众人惊异的目光中隆重诞生了。

《鹿鼎记》中的一幕与这个故事颇为类似。气焰嚣张的假太后看见从韦小宝身上掉落的五龙令后，立刻像耗子见了猫，惊惧不已。韦小宝化作"尊使"，享受了一把"只有当年顺治老皇爷可比"的待遇。

金庸江湖中的政治信物也是多种多样，功能众多，不仅仅是让主人公拿来"逆袭"的。它们往往具有鲜明的帮派文化特色，起到了文化标识和身份认同的作用。如丐帮最高权力信物"打狗棒"，就明确标识了他们"行乞"的身份。内服鹑衣、吃稀烂的食物，均是与此相关的文化体现。

也有一些政治信物是帮派创立祖师遗留下的私人物品。如峨嵋派郭襄的玄铁指环，泰山派东灵道人的铁剑，恒山派晓风师太的经书、木鱼、念珠、短剑。这些私人物品代表着帮派的独特文化传承，蕴含着一种有家族特色的历史情感。明教的圣火令虽非教主私人物品，但上面那些近乎花纹的波斯文字却昭示了中土明教源自波斯的历史，尽管大家谁也看不懂。

开宗立派，离不开独门武功。政治信物，有时也是武功的符号化与具体化。看到绿莹莹的棒子，自然能想到三十六路打狗棒法；看到铁铸手掌令牌，眼前就会浮现出那对横行湖广的铁掌。如果说武功绝学是一个门派的文化肌理，信物就是对门派文化的概括和提炼。

当然，政治信物最重要的功能，还在于赋予权威。新掌门帮主登位，接过政治信物，具有多重含义。

第一是权力的传承。你手中的权力不是自创的，而是源自创派祖师，具有历史合法性。但你也受到帮派"祖宗之法"的规范与约束，同时承担着振兴帮派、捍卫帮派独特历史文化的义务。

第二是权力的行使。信物即权杖，此刻你已拥有最高权威，权杖在手，"如祖师亲临"。你处理帮派内外大小事务时，不是一个人，背后有祖师爷的"鬼影"在为你撑腰打气。钦差大臣是"代天巡狩"，你则是代替另一个时空里的祖师爷行事。纵使是帮派中的元老宿耆，也必须服从你的权威。

第三是程序与象征的意义。唯有信物在手，权力交接才算圆满，手续才算办完。如果政治信物遗失，即使你获得群雄服膺和一致拥戴，也总觉得少了些什么。张无忌在缺少圣火令的情况下接掌明教、丐帮在没有打狗棒的情况下推举帮主，总像是待售生肉上少了"检验合格"的蓝色印章。

信物还可以作为帮主、掌门的权力分身。古代皇帝常假节于臣子；帮派负责人也会将信物暂借给门人弟子，以执行临时任务。有些帮主、掌门还会制造次一级的权力信物，以方便使用。令牌、令旗，皆属于此类。

这样看来，政治信物似乎非常重要。但有时候，帮主和掌门又希望它非常"不重要"。

二、信物带来的束缚

江湖中的政治信物，其实具有两面性。它既是权力的加持，又是权力的约束。它赋予了帮派执掌者神圣的合法性外衣，但也给帮派执掌者带来了各式各样的束缚。政治信物反复提醒着你手中权力的来源和历史根基；帮派成员对政治信物的敬畏代表着他们对于历史、习俗、特殊共同体文化的信仰。与之绑定的是帮派的创立宗旨、文化风格、门规戒律，你是很难任意废止和修改的。

这有点儿类似于弗朗西斯·福山对早期欧洲法律的分析，这些法律有一个超越世俗的神圣来源："法律的最初理解，即制定者是神权、古老习俗或自然，指的是人们不得更改法律……"在此前提下，人们能够做的是"可以为特殊情境作出妥善解释"。

帮主和掌门也不能公然违背帮派规则。如果其意愿与规则不符，只能尽量从既有的规则框架内找出漏洞与缝隙，走出变通的道路。乔峰贵为丐帮第一人，却无法赦免"叛乱"的四大长老，因为"不能坏了历代帮主传下来的规矩"。乔峰只得援引另外的"法条"，即"帮主自流鲜血，洗人之罪"，通过自残的方式达成目的。那一刻乔帮主不再是好饮的汉子，更像是美剧里的"风骚律师"。

"历代帮主传下来的",除了规矩,还有打狗棒。金庸无数次说过,这根竹棒"晶莹碧绿"。如此晶莹,不知是被多少前辈帮主盘出了包浆。打狗棒拿在手上,你随时能感受到历代帮主的体温,就像孙悟空随时能从紧箍上感受到师父的关怀。

孙悟空有多希望挣脱紧箍,权力的执掌者就有多希望政治信物变得"不重要"。他们希望更少的权力束缚。束缚不仅让他们自己缺少大权在握的快感,也严重影响了行政效率。裘千仞严守帮规而不敢登上中指峰,这导致他连擅闯禁地的敌人都抓不到。他空有一双铁掌,却只能气得跺脚骂街,心里最想骂的大概是当年制定帮规的前辈祖师爷:老家伙为什么没想到给规则加个"补丁"呢?

另外,武林中人桀骜不驯的性格也决定了他们希望自己的帮派领导者是个能力出众、具有超凡魅力的高手,而不是仅凭一件祖师爷开过光的古董在手就可以任意嘚瑟的庸手。惨烈的江湖厮杀和尔虞我诈的武林内斗也使帮派高层希望最高权力掌握在一个有识之士手中,唯有如此才能使帮派兴旺发达,在江湖博弈中获取更多资源。这个过程尤其需要领导者审时度势、乾纲独断,因此大家均不希望以信物为代表的传统习俗成为阻碍权力行使的桎梏。

因此,从理论上说,在希望信物"不重要"这件事情上,很多人是能够达成共识的。这背后的实质是对一个现实强势人物的呼唤：有人希望自己成为这个强势人物，有人希望自己能够追随这个强势人物。更多的人则希望，自己的帮派在强势人物的带领下愈加兴旺。

于是，"强者"压倒了"传统"，政治信物的权威开始衰落。

三、"强者"压倒"传统"

《射雕英雄传》的时代的丐帮，与乔峰时代有了许多不同。在君山轩辕台大会上，我们就可以看到人们对于政治信物和权力传承的理解有了新的内容。

彼时杨康掌握了最高权力信物打狗棒，却并未获得一致拥戴。黄蓉自称会使打狗棒法，众长老却不具备判别能力。群丐在杨、黄之间犹疑不决，最终的方案竟是由诸长老与黄蓉比武定是非。难道被胖揍一顿，你就能认出打狗棒法了？轩辕台大会俨然变成了"比剑夺帅"的封禅台。

这一事件中，人们面对至高无上的政治信物，却没有将它的权威视为"绝对"的，而是会思考、犹疑，甚至有意无意为黄蓉这个"异议者"制造了提出异议的机会。

群丐对杨康产生猜忌的原因较为复杂，他下令南撤、有碍抗金大业乃是主因，但武功低微、性格轻佻也是因素之一。他显然不具备一个强大领导人物的风采。黄蓉被蔑指为"欺师灭祖"，是杀害帮主的"帮凶"，在真相未明、嫌疑未完全洗清的前提下，"比武定是非"的解决方案却被提出，也暗示了"武功实力"是获取帮派权力的重要因素，信物的权威也许不再是决定性的。数十年后的襄阳英雄大会上，丐帮在打狗棒缺失、前任帮主遇害身亡的情况下，选举新帮主的方式竟真的是"比武打擂"。若把两个事件联系起来看，也许就不难理解其中的隐含逻辑了。

政治信物权威的衰落，更典型的例子发生在张无忌时代的明教。圣火令本是明教的"传代信物"，有如皇帝的传国玉玺。教主若无圣火令，便是"有权无令"，"做得颇为勉强"。前任教主阳顶天的遗命是重获此令者才能担任教主，还要专门加一句"不服者杀无赦"。教中群雄在争夺统治权时，也爱拿这个令牌说事儿。圣火令的重要性，在层层铺垫中被强调到无以复加。

可一旦有个武功盖世、深孚众望的英雄被推为教主，明教群雄对圣火令的态度就立刻理性而实用起来。

"日后倘是本教一个碌碌无能之徒无意中拾得圣火令，难道竟由他来当教主？"这里的潜台词是，如果圣火令的未来重现影响了现任教主的合法性，众人可以质疑圣火令的权威。

"将来若是有变，再作道理。"这已经为未来推翻圣火令的权威做了心理准备。

远在"海外"的谢逊对政治信物的态度更加轻蔑。他先是对波斯使者手中的圣火令百般质疑、抗拒，当对方提出"见圣火令如见教主"时，他竟近乎诡辩地强调自己双目已盲，瞧不见，自然也就不存在"见"圣火令的问题。

是否重视政治信物，其实是人们在"有名无实"和"有实无名"之间的取舍。光明顶上群雄表达对圣火令的轻视，是出于对张无忌这个实力强劲的"无冕之王"的爱戴；谢逊轻视圣火令，是出于对波斯总教的不屑，不希望中土明教的发展被总教以一些虚名束缚住。

与对圣火令权威的轻蔑相匹配，明教群雄对神圣的传统教规也开始轻视起来。

明教中本有一条铁律，即"（光明顶）秘道是明教的庄严圣境，历来只有教主一人，方能进入"，此乃"教中决不可赦的严规"。前任教主阳顶天私自带夫人偷进秘道，亦被指责为"阳顶天犯了教规"。这说明教主也不能违背或更改这条铁律。

可数十年后，教中大佬彭莹玉在号召大家拥立张无忌为教主的同时，竟说出这么一句："倘若教主有命，号令众人进入秘道，大伙儿遵从教主之令，那便不是坏了规矩。"从审时度势、事急从权的角度考虑，这个提议合情合理。但从另一个角度看，这个提议一旦被众人接受，新任教主张无忌就被授予了能够废止传统规则和破坏神圣习俗的至高权力。教主已经凌驾于明教的传统之上。教主是活的，教规真的变成了死的。彭莹玉大概自己也没想到，他上下嘴唇一碰，竟从法理上改变了明教教主的权力地位。

张无忌的出现，使圣火令、古老教规和传统习俗的地位大大降低，背后的实质是明教上下渴望一个政治上的强势人物可以结束教派分裂，令教派中兴，再度威震江湖。在这个过程中，群雄自然不希望英雄教主受到任何掣肘。对强者的呼唤，终于压倒了对传统的尊重。政治信物，近乎百无一用。

同是一教之主，阳顶天带一个人到秘道里去，要偷偷摸摸，唯恐在履历上留下污点，张无忌带千百人浩浩荡荡开进秘道，却理直气壮、传为佳话。倘阳教主泉下有知，大概会被气得"走火入魔，自绝鬼脉"吧。

四、信物的再发明

当政治信物和传统习俗日益变得"不重要"，就会出现两种后果。一种顺理成章，一种出乎意料。

顺理成章的后果是，随着传统的力量式微，再也没有什么可以约束江湖中的强者。野心勃勃的帮派执掌者将拥有随心所欲的权力。传统值几个钱？不过是衬托帮主和掌门高大形象的背景板。信物算什么？不过是限量版的文创产品或手办。整个帮派的历史成了一种可以被任意发明的新事物，你想它是什么，它就是什么。

雪山派掌门白自在干脆将祖师爷筚路蓝缕的创派历史斥为"骗人的鬼话"。他自诩武功盖世："上下五千年，纵横数万里，古往今来，没一个及得上我。"他还拥有任性而不被约束的权力，围观群众和门下弟子但凡对这些怪诞说辞稍有异议，立遭杀身之祸。

日月神教的武士根本不知道东方不败之前还有"历史"这种东西存在，"倒似日月神教创教数百年，自古至今便是东方不败当教主一般"。任我行和丁春秋也都爱和历史较劲，皆被部下和弟子称为古往今来第一高人。任我行不仅要"一统江湖"，驯服空间，还要加上"千秋万载"的前缀，征服时间。

他们均不屑同当代人物或本门前辈相比，白自在认为自己的武功远胜达摩老祖和张三丰，任我行坚信自己超越了孔夫子、关云长、诸葛亮。任我行要挑战的，甚至都不只是武学的历史，而是整个人类文明史。他们眼中，是灿灿星汉、茫茫沧海。

传统的失落，不仅仅会影响帮派内部，也会导致整个江湖风气的变化。一些曾经非常重要的江湖共识和侠士品格会被渐渐遗忘。例如"戒仕""远离皇权"曾是武林中类似"一加一等于二"的常识认知，可到了《鹿鼎记》时代，"与政治势力绑定"竟成了江湖人的宿命。杨溢之和金顶门好汉唯平西王马首是瞻；柳大洪等西南侠客甘为沐王府驱驰；天地会群雄都可视作为郑王爷办事。

《飞狐外传》虽是金庸写作生涯前中期的作品，但其中描绘的生态能让我们更有效地想象"戒仕"传统失落之后的江湖世界是何等的卑微。投身公门不再是羞于提起的事。能在官府当差，便可"青云得意"，不把"身在草野的同门师兄弟放在心上"。跟上福大帅，更是"有了极强的靠山"。

另外，不是所有帮派都像少林、丐帮一样，有悠长的历史传统、不朽的光辉记忆。也不是所有掌门人都像任我行、白自在一样，身负惊人的武功，威震内外。名门大派希望政治信物"不重要"，可大多数普通帮派本就没有什么重要的信物。没有政治信物，就是没有足够强大的来自传统的合法性基础。如何建立权威、令门人弟子服膺，成了一个难题。

自己的地位不够神圣，拳头又不够硬，借助一个更高的外在权威来巩固自身的合法性基础，不失为一个成本小、收益大的策略。谁的权威更高？最高莫过朝廷。江湖中传统政治文化的衰落、人们对古老"戒仕"习俗的遗忘，也为众帮派掌门接受朝廷的荣赏扫清了心理障碍。

这是一个制造新政治信物的过程。朝廷御赐之物，将成为帮派至宝。当二十四只御杯在天下掌门人大会上亮出后，众帮主和掌门无不趋之若鹜、奋力争夺。他们所想的是"所执掌的这门派的威望却决不能堕了"。如果无法获得御杯，"自己回到本门之中，又怎有面目见人？只怕这掌门人也当不下去了"。

虽同是文创产品，但在另一种政治理解中，被乾隆皇帝"开过光"的自然比祖师爷"开过光"的要有价值。御杯在手，不仅是帮派的至上荣耀，也是帮主和掌门本人的至高功绩。御杯将成为新的政治信物，世代流传；夺取御杯的帮主和掌门个人也将成为中兴本派的大功臣，名垂于世。

正如一位掌门人将"捧得御杯"视为"向孩子们交差"，随着有皇权加持的新政治信物被发明，帮主和掌门面对自己的门人弟子，就再没有任何合法性焦虑。

我们可以想象，若没有程灵素大闹掌门人大会，御杯将成为江湖众多帮派的传世信物。每逢重大节庆或权力交接，一系列神圣仪式会围绕御杯被生产出来。

当江湖群雄一本正经地对着金凤杯或银鲤杯三跪九叩时，他们大概不知道，在另一个时空里的北宋丐帮，有位吴长风长老也曾获得过朝廷大帅的"记功金牌"。这块金牌没有成为帮中圣物，而是被拿去卖掉换了酒喝。

躲不掉的庙堂与黄药师的"又洪又专"之路

一、山寨版庙堂：江湖中的权力场

金庸江湖中的高手，很少真的漂泊在江和湖上。他们往往栖身于高山、海岛。六大门派、五岳剑派、全真教、日月神教、明教、灵鹫宫，无不地处高山。黄药师、袁承志、龙木二岛主、洪教主皆身在海岛。山和岛，是金庸群侠绕不开的精神归宿。

原因很好理解，在传统文化中，高山海岛本是仙人所居，或有洞天福地，或曰"云藏仙岛"，都是访仙修道的绝佳去处。这些外环外的荒冷地段也与金庸世界高手的人设相符。除丐帮弟子，大家多数不是打把式卖艺、跑码头混市井的江湖汉子，而是衣袂飘然、凌空蹈虚的高士，无疑最适合住在雾气氤氲总晒不干衣服的山景房、海景房里。

当然还有别的原因。

历史上，山地由于地形阻断等因素，往往成为一些人躲避国家统治的去处。东南亚很多民众便进入山地，形成了一个非国家空间，美国人类学家詹姆斯·斯科特曾对此进行了详细的考察，认为在这里发展出了一种另类的无政府文明，与国家统治下的文明完全不同。

中国古代的"山中世界"也常被视为一个国家统治之外的空间。学者魏斌借用谢灵运"清旷之域"和"名利之场"的说法来说明六朝时期"山中世界"和"世俗世界"的区别：前者远离权力网络，一定程度上独立于世俗国家的权力体制。

反观金庸所构建的群侠世界，正是这样一个"山中世界"。远离庙堂，笑傲王侯，独立于朝廷。山和岛又因地形和大海的阻隔为这种独立提供了地理条件。

如晋时有"沙门不敬王者"之论，金庸世界里的群侠也是不敬王者的。群侠自视甚高、不屑功名利禄，自觉不自觉地与权力保持距离，非常鄙夷贪恋权位的人。

在这种背景下，张召重成为一个典型的负面形象：为虎作伥，贪图名利，为武林所不齿。《碧血剑》时代，华山派的清规戒律甚至有"戒仕"一条，和"戒淫"并列。按这个逻辑，《三侠五义》中最反面的"采花贼"花冲和最正面的"四品带刀护卫"展昭其实应该处在江湖鄙视链的同一个位置。

刘正风买官自污和田伯光混迹群玉院，在时人看来不会有多大区别。

真正的大侠应该如萧峰一样，即使迫于形势暂时接受了封赏，也应在关键时刻弃名爵如弃敝屣。金庸世界的规则不是"学成文武艺，货与帝王家"，而是"学成文武艺，不屑帝王家"。

然而，这个远离庙堂、建立在山岛世界中的江湖并没有得到真正的清净。

有江湖的地方就有权力结构。在远离世俗社会的武林中，江湖人会以酷似世俗社会的方式建立起等级、秩序和统治关系。魏斌也认为，随着"山中世界"各种寺院、道馆的兴盛发展，这里会成为"新的权力和关系交织的网络之场"。

没错。你可以远离得了天子的诏令，却逃不了左盟主的令旗和日月神教的三尸脑神丹。刘正风、曲洋，还有梅庄四友均立志归隐，可命运似乎早已和权力结构绑定，无法身退。一入江湖，便如李斯父子一样，东门逐兔，岂可得乎！从这个意义上讲，"山中世界"的群侠，逃得了天子的"庙堂"，却逃不了左冷禅和任我行的山寨版"庙堂"。

如果说，与江湖对应的朝堂，是第一层的"庙堂"，那么这个江湖中的权力场域，则是第二层的"庙堂"。

二、谁能不入局？

但仔细推敲，刘正风和曲洋逃不了左冷禅和任我行的山寨版"庙堂"，不等于所有人都逃不了。或许他们不具有代表性。

如果刘正风只是衡山派一个低辈分弟子，想归隐自然能归隐，左冷禅吃饱了撑的才会去抓他。跨地域围剿，也是需要差旅费的。同样，如果曲洋只是日月神教一个默默无闻的小卒，刘正风结交了他，谁又会去关心？

问题就在于，他们身份特殊，都是重要人物，是各自教派的象征性符号。他们都能影响野心家逐鹿江湖的大局，也就不可避免地被裹挟进局中。

再换个角度思考，就算刘正风和曲洋身份特殊，足以左右大局，如果他们武功足够强，其实也是可以逃离权力场域的。

试想刘正风结交的要是任我行或者东方不败呢？金盆洗手想怎么洗就怎么洗，用香皂洗，用洗手液洗，就算洗出花来，丁勉、费彬也不敢杀人，说不定还要奉上一条左盟主亲笔签名的毛巾。想想钟镇等嵩山高手在廿八铺误以为任我行到来时的狼狈表现吧。如果能劝任我行一起把手洗了，左冷禅宁可奉上24K大金盆。对于这个级别的高手来说，别人不仅不会阻碍你金盆洗手，还会唯恐你不洗手。

　　总的来说，如果你身份低微，于江湖大局而言无关痛痒，多半能够顺利归隐。寿南山得以"寿比南山"就是一个温暖的例证。即使你身份重要，只要武功高到一定级别，也有归隐的自由。令狐冲可以携手美眷，笑傲江湖；谢烟客能够隐居摩天崖，在松树间健身搞研究。一灯大师也能带着大理国退休高官砍柴打鱼。

　　当然更典型的例子是黄药师。在桃花岛上看看潮生花落，搞搞五行八卦、奇门遁甲，在琴棋书画中优游岁月。古之隐士，不过如此。《射雕英雄传》时代，江湖上权力构成复杂，各门派恩怨繁多，全真教、丐帮、赵王府武士、铁掌帮纷争不断，可谁敢打扰黄岛主的清净？他不进入江湖权力场，便是江湖权力场最大的渴望。

　　强如黄药师，能够躲过江湖权力结构所构建起来的"庙堂"。可还有一个更为宏伟、更为沉重的第三层次的"庙堂"，连他也躲不过。这，要从黄药师的"洪化"开始说起。

三、洪七公的"大义"与黄药师的"洪化"

　　从"射雕"到"神雕"，很多人物变化巨大。可能最易引发讨论的，是黄蓉的变化：从古灵精怪的"同桌的你"，变成了洞悉一切鬼把戏的中年班主任。其实，她父亲黄药师的变化，并不比她小。

在《射雕英雄传》时代，黄药师除了不拘礼法、性格孤傲，还非常不近人情，常搞得郭靖、黄蓉小情侣要死要活，还时不时吓唬一下江南六怪，让他们的血压过山车一样忽上忽下。总之"邪"劲还是非常明显的。

在《射雕英雄传》时代的主流舆论看来，黄药师的形象不那么正面。玄门正宗代言人丘处机评价他"行为乖僻""愤世嫉俗""自行其是"，"从来不为旁人着想，我所不取"。但凡不热心公共事务的人，丘处机都看不上。他评价一灯大师"为了一己小小恩怨，就此遁世隐居，亦算不得是大仁大勇之人"。

在丘处机看来，唯有洪七公是高大全的，是作为武林天花板和道德标杆存在的：他"行侠仗义，扶危济困"，"即令有人在武功上胜过洪帮主，可是天下豪杰之士，必奉洪帮主为当今武林中的第一人"。

这里，丘处机评价江湖人物，最重要的标准是公共关怀。但他大概还没有完整地表述自己的意思。丘处机一生最重"家国大义"，给人家未出生的孩子取名字，都念念不忘"靖康之耻"，他更看重洪七公的，也应该是洪七公在"家国大义"方面的卓越表现。这与"行侠仗义，扶危济困"并不矛盾，是公共关怀的必然延展。

洪七公治下的丐帮，时不时对金国搞搞游击战，数十万丐帮弟子已成为阻挡金兵南下、保卫南宋江山的强大武装力量。说老洪一根打狗棒、系社稷安危，也并不为过。与《射雕英雄传》这部书的政治主题呼应，洪七公无疑是书中最有代表性的正面人物：行侠仗义、重家国大义、系天下安危。

一个人趋同于洪七公这一形象，我们不妨称之为"洪化"。郭靖的思想当然深受母亲和江南六怪的影响，但江湖地位极高、武功通神、正气凛然的洪七公无疑具有更强的人格感染力，他对郭靖的影响不在母亲和"六怪"之下。郭靖用整个后半生浴血守卫襄阳，也是对洪七公精神衣钵的一种继承。可以说，"侠之大者"的郭靖，更彻底地践行了洪七公的精神理想，实现了完全的"洪化"，甚至是"洪"出了洪七公也未有的境界。正是"郭出于洪，而洪于洪"。

在洪七公和郭靖的精神世界里，"庙堂"是至上的存在。但这里的"庙堂"，非现实的朝堂，不是第一层意义的"庙堂"；也非江湖权力场，不属于第二层意义的"庙堂"；这是第三层意义的"庙堂"，是混合了家国大义、公共关怀、夷夏之辨的一种精神追求。在金庸江湖某些特殊的历史时段，是否具有这种追求，成为臧否人物的唯一标准。

《神雕侠侣》的世界，也埋藏了黄药师不断"洪化"的线索。此前《射雕英雄传》时代的欧阳克、沙通天一伙人作恶再多，黄药师都无动于衷，甚至还起了将欧阳克招为乘龙快婿的念头。若真的施辣手以惩戒，也多半是因为老黄心情不好，把他们当作了迁怒的对象，而非出于什么公共理由。

可到了《神雕侠侣》时代，黄药师在情绪稳定的时候，竟要主动铲除李莫愁，为武林除一恶。这完全是行侠仗义的做法了。他对待杨过，也通情达理、恩义深重，有深层次的共情，完全不是丘处机所谓的"从来不为旁人着想"。

襄阳大战更成了黄药师的人生高光时刻：他用毕生所学摆出二十八宿大阵，指挥千军万马，和蒙古大军鏖战。黄药师这么做的直接原因固然是为了救下外孙女，但背后更深的原因怕还是此战关系"或胡或汉"。谁也想不到黄药师这样一个不屑尘俗的世外高人，竟成了指挥关键战斗、以事功参与历史进程的重要人物。那一刻，魏晋名士化身廉颇、黄忠，高唱夕阳红，誓要马革裹尸。

没错，黄药师"洪化"了，而且是"又洪又专"。他擅长五行八卦、奇门遁甲，能排兵布阵，算得上专业化人才。

洪七公、郭靖当然了不起，每读其事迹，我都心生敬意。"洪化"——使更多人具有公共关怀——无疑是江湖之大幸。但这不应该是江湖唯一的向度。我们总觉得那个宽厚待人、积极指挥襄阳大战的黄药师少了些味道。用句现在还在流行、也许将来需要知识考古才能使其意义重现的网络流行语，就是"没内味儿"了。那种感觉就像看到小龙女去担任婚介所主任：她热心公共事务，或许会焕发别样的容光，但有得必有失，就再无"冷浸溶溶月"的无俗念模样了。

黄药师情况也许更复杂。他还是他，他的"洪化"之路，必然而又无奈。

四、心系庙堂与不做庙堂附庸

金庸群侠的世界，和庙堂的关系，不仅仅是疏远。确实，群侠"自视甚高"，不屑于听命朝廷，不屑为荣华富贵折腰，更不屑像展昭一样做带刀护卫。

但事实上，疏远和不屑的，只是附庸于庙堂，以及因此而来的功名利禄。"闯荡江湖"从来不等同于"出家避世"，锄强扶弱、行侠仗义本身就有着强烈的入世色彩。即使是身在山林的清修之士，只要还自诩为江湖正派中人，就不会拒绝行侠仗义。武当七侠、恒山三定、峨嵋灭绝都是积极参与江湖事务的重要角色。

当这种"行侠仗义、锄强扶弱"的观念得到进一步推衍和升华后，它就变成要为全天下人行侠仗义，为社稷和苍生锄奸，即"天下兴亡、群侠有责"，"身处江湖、心忧社稷"。

江湖主流叙事中，"夷夏之辨""胡汉之分"根深蒂固，武林中对于游牧政权军队残杀无辜百姓甚至屠城的可怕认知，也是由来已久。于是乎，当"为天下人行侠仗义"的观念与这些认知相遭遇，前者便有了一个在现实世界的具体呈现形式：积极抵抗游牧政权军队的入侵。

但出于"戒仕"的想法和对中原王朝的不屑，群侠抗金战蒙时始终以自由人身份参战，以布衣之身行动，而不肯成为庙堂附庸。他们反复强调，自己流血出力，不是为了皇帝，不是为了朝廷，而是为了百姓。黄蓉会时不时敲打一下襄阳守将，杨过更是曾把当朝宰相拉出来打板子，至于大骂皇帝权臣，更是小菜一碟。

可"侠之大者，为国为民"，国与社稷、庙堂，又是无法分割的。无论萧峰阻止大辽南侵，还是郭靖在襄阳死战，都让赵宋王朝暂保太平。"国祚若旒，谁任其责？"问的虽是天命所归、黄袍所属，但在金庸世界里，真正在精神上"保洪图社稷，巩国祚延绵"的却是这群江湖侠客。他们再怎么试图与庙堂切割，也身负庙堂之重。

黄药师远比武当道士和恒山峨嵋的尼姑更加出世，他不以名门正派自居，也不怎么理会行侠仗义的江湖道义。他极端厌恶南宋皇帝、鄙视礼法，却在欧阳锋杀死儒生时，说自己"平生最敬的是忠臣孝子"，"忠孝乃大节所在"。桃花岛这样一个文人隐居的自由"山中世界"，还埋藏着他对"何谓大节"的坚持，这是一种心忧天下的文人的精神基因。

黄药师对"大节"的坚持使他并没有完全跳出江湖主流的话语框架。因此，桃花岛与一个入世的侠客世界之间还存在些许微弱的联系。

可到了《神雕侠侣》时代，出现了两个变化。原本游丝般的联系，变得越来越密切。

第一个变化是"洪化"程度最深、"出于洪而洪于洪"的郭靖成了黄药师的女婿，并入住桃花岛。黄药师周游不定，郭靖和黄蓉俨然桃花岛新主人。这似乎成了一个隐喻：作为"山中世界"的桃花岛，不再是名士栖居的逍遥世界，而是爱国志士老郭的战略后勤要地。爱屋及乌，最重私人感情的黄药师也不能把女婿的毕生事业视若无物。对他而言，天下家国的事业不仅仅是一个公共事业，同时也深度介入了他的个人情感世界，涉及他的家庭关系，也关系到他亲人的安危。

第二个变化是中原王朝和游牧政权之间的关系。在《射雕英雄传》的时代，宋金之间处于对峙与相持的阶段，并没有大规模的战事。但此时，蒙古骑兵已兵临城下，到了大宋生死存亡的关头。一旦社稷覆亡，他内心深处坚持的"忠孝大节"在现实中再无地基。时局将他彻底"洪化"，于是，他从清高避世中抽身，回到了主流的侠义世界。

回来的不仅有他，还有隐居多年的老顽童、一灯大师、瑛姑，更有思想多次发生波动、转变的杨过。襄阳大战更像一场热闹非凡、令人动容的大聚会，避世者纷纷入世，叛逆者回归主流，所有人为了一个共同的目标齐聚襄阳，勠力同心，死战到底。

那一刻战斗的似乎不是他们，而是无数个洪七公。"洪化"是所有人的命运。

五、单向度的江湖

一方面要为国为民，"效死守之义"；一方面要精神独立，不附庸于庙堂。金庸世界的侠客，一直在同时秉承着这两种理念，并小心翼翼地实现微妙的平衡。

可当社稷危殆，为国为民的呼声越来越高，清高避世者则显得那么的不懂事和不合时宜。精神独立的"山中世界"将越来越狭小逼仄，偌大江湖再无隐士容身之处。天平渐渐倾斜，"不依附朝廷"成了唯一的底线，除此之外，江湖将不再给"山中世界"留有空间。

在江湖人的精神世界里，处处都是宏伟的庙堂，渔樵隐士的一亩三分地，将渐渐坍缩。一旦遭遇洪七公和郭大侠的仰天长啸，方外之士的山间吟啸便会相形黯然，最终化作羞愧的淡淡低音。

　　"洪化"几乎是高人侠士唯一的正确选择。李泽厚曾有"救亡压倒启蒙"的说法，金庸世界中则是"救亡压倒了避世"。江湖，最终成了单向度的。

　　而且，随着事态的发展，"不依附庙堂"这一底线能不能守住，也很难说。

　　郭靖、黄蓉自然能。他们众望所归，虽能号令天下武林，可他们始终以布衣自居。

　　杨过也能。他虽飞石屠龙，威重当世，但功成身退，退到连郭襄都苦寻不见的犄角旮旯里。

　　到了张无忌，事情便有了变化。他已是教主之尊，麾下雄兵百万、豪杰无数。新修版甚至给他加了一出群臣劝进、险些黄袍加身的戏码。张无忌离帝位只有一步之遥。这已经不是"依附庙堂"的问题了，他自己马上就可以创造一个庙堂。在最后一步急刹车，强行掐断张无忌的事业线，让朱元璋接盘，这是金庸不忘初衷的仅有选择。

　　等到了《鹿鼎记》的世界，掌握了江湖主流话语权的天地会群雄本身就是政治势力郑氏家族的部属。人望不在郭靖之下的陈近南再也不敢自称"布衣"，他首先是延平王府的臣子，然后才是江湖中的大侠。到了这时，是否依附庙堂，这个问题已经没有讨论的价值。

　　身为布衣的郭靖、黄蓉最终身死城破，事功无成。他们无法抵挡数十万铁骑、无法扭转局势。江湖群侠若真想在危难时局中造成些实质性的历史影响，要么自己成为政治势力，要么只能依附于别的政治势力。由此也就能理解为什么张无忌险些黄袍加身，天地会一开始就是郑氏家族的部众。

"忠君""正名"在天地会被反复强调，大明天子和延平郡王的地位至高无上，会中兄弟恪守家臣本分，不敢有丝毫不敬。《神雕侠侣》时代风陵渡群豪痛骂大宋君臣的热闹景象不复存在。在这种气氛下，不讲规矩的韦小宝肚子里骂骂董太妃，成了无趣的江湖中唯一动人的风景。

陶姑姑的"强迫症"与江湖利维坦之梦

一、反复追问细节的陶姑姑

金庸江湖中，受精神障碍困扰的人不在少数。

这里很像精神卫生中心的住院区：有人间歇性发疯，有人自大成狂，有人因爱生恨，有人天天做复兴大燕的皇帝梦……"江湖侠骨恐无多"，无多的怕不仅是"侠骨"，还有"心理健康"。

在这些"不正常"的侠士中，韦小宝的干姑姑陶红英虽不是什么重要角色，但她表现出的问题令人印象深刻。

陶红英敢深夜独闯太后寝宫、力斗神龙教高手，武功之高、胆气之豪，远胜须眉。遇到皇宫大乱、捉拿刺客，她又能镇定自若，回房睡觉，可谓胆大心细、心理素质极佳。

但这样一位心理挺健康的高人，却在某个瞬间陷入了不健康的情绪中。

　　事情源自她对太后寝宫之战的追忆。她脑子里突然闪出一个念头：被杀死的敌人会不会是神龙教主的弟子？

　　她因这个念头的涌现而变得极为惊惶，"脸上肌肉突然跳动几下，目光中露出了恐惧的神色，双眼前望，呆呆出神"。即使身边的韦小宝几次岔开话题，这一念头还是如影随形、挥之不去，就像一块强磁铁，随时能把她的"注意力"吸回原点。

　　或许是为了抗拒焦虑，陶红英开始不断回忆"敌人嘴唇动没动"这一微小细节，试图找到蛛丝马迹来证明其"没动"，以此重构"真相"，打消自己的疑虑：嘴唇没动，就不符合神龙教主弟子打仗时念咒语的习惯。除了嘴唇，敌人的武功身法也是她审视的重要细节："瞧他武功，也全然不像（神龙教主弟子）。"

　　然而，自己的记忆毕竟是主观的，还不足以让"真相"变得坚实可靠；她渴望借助一个更加有力的外在的判断来斩断自己的穷思竭虑。因此，她开始不停地追问韦小宝，反反复复确认这些细节，"企盼韦小宝能证实她猜测无误"。这种情况，很像有人出远门离家后总怀疑没关水电燃气，于是情绪陷入焦虑，不断回忆细节，并向家人确认。

　　这时候的陶红英，似乎有了一些强迫症的表现，如强迫怀疑、强迫询问等。所谓强迫询问是"强迫障碍患者常常不相信自己，为了消除疑虑或穷思竭虑给自己带来的焦虑，常反复询问他人（尤其是家人），以获得解释与保证"。这与陶红英反复追问韦小宝的情况几乎如出一辙。[*]尽管我们不能肯定陶红英得没得强迫症，但可以确定的是，此刻她的内心深受困扰。

到底是什么因素把这个在清宫中潜伏多年、性格坚韧的女中豪杰变成了这样？

也许是一种心底的怕。

二、江湖高手心底之怕

陶红英的逻辑，其实不难理解。

在森田正马对强迫症的研究中，他提到过很多"恐怖心

---

* 需要说明的是，强迫症有严格的诊断标准，且与焦虑障碍有不少相似点，还要注意与这些相似的精神障碍进行区分鉴别。参见美国精神医学学会《精神障碍诊断与统计手册》（第五版），北京大学出版社，2015 年。凭小说中的文字我们很难判断陶红英脑海中挥之不去的念头和现实危险是不是有真实的联系；也不知道她的焦虑持续了多久；更不能判断她是否患有强迫症。只能说她表现出了某些强迫症的特征。因此，标题中的强迫症加了引号。另外，关于强迫询问部分的引文，出自郝伟《精神病学》（第七版），人民卫生出版社，2013 年。

理"。那些"恐怖心理"一定程度上会伴随着对某种不可接受后果的过分担心。如受"渎神恐怖"困扰的人就坚信渎神会带来厄运，这种后果是他们无法接受的。对陶红英而言，参与杀死神龙教主弟子的后果，会带来极度的危险，是她不可接受的。

对危险的适度担心很有必要，可这种担心一旦逾越正常的界限，甚至和一些稀奇古怪的疑虑建立非理性联系，困扰就出现了。一种根深蒂固的心底之"怕"，会让人陷入一种心智混乱、惊魂不定的情绪中。

因为"怕"而导致思维行为异常的江湖高手，不止陶红英。

还有住在铁屋子里的夫妇。药王谷的姜铁山夫妇，为了防仇家、防师兄，竟住进"无门无窗"，"小孔和细缝也没发现"，"通体铁铸的圆屋"。因"怕"而生的高度不安全感，需要住进铜墙铁壁的房子才能得以缓解。

还有战战兢兢的掌门人。田归农端坐在自己的房间里，要关门关窗、手持弓箭严阵以待，生怕大对头突然出现。

还有怕找医生的怪杰。身中毒针的高手"一指震江南"华辉，无时无刻不生活在被迫害妄想的恐惧中，身中毒针后，宁可带针生存十数年，也不敢去找医生拔针。

还有隐姓埋名的豪士。崔百泉武功不在大理皇宫四大护卫之下，可因太"怕"仇家，竟远走天南，装成一个形容猥琐的账房师爷，在身心痛苦中度过一个又一个阴雨天。一听到仇人的名字，就"双目向空中瞪视，神不守舍"。数十年来，只能靠拼命喝酒来逃避恐惧……

心理学家卡伦·霍尼曾分析过恐惧和焦虑的区别，她认为，恐惧是"对不得不面对的危险做出的恰如其分的反应"，而焦虑则是"对危险不相称的反应，或甚至是对想象中的危险的反应"。

我们从事后诸葛亮的视角来看，这些高手对危险的反应，多数是与实际情况不相称的。

神龙教主和慕容世家所图者甚大，均不屑费心思对付陶红英和崔百泉这样的小角色。

尤其是崔百泉，他在潜意识里夸大危险的同时，还夸大了自己的重要性，出现了认知偏差：他把自己想象成慕容博的一生之敌。他自作多情地以为慕容世家滥杀无辜的目的是报复自己。也就像卡伦·霍尼所说的，陶红英和崔百泉的危险并不是"显而易见的和客观外在的"，而是"隐而不露和主观内在的"。

至于田归农，虽然因为惊惧而关门关窗甚至武装到了牙齿，但这种防御工事根本挡不住"打遍天下无敌手"的仇家。更让人意外的是，仇家竟不屑伤他一根毫毛。华辉和姜铁山，他们一个低估了人性的善，一个高估了敌人的强。

如果仅仅把他们当作一个个脱离时空的个案来看，他们的"怕"都有点古里古怪，让人难以理解。但如果将其还原在一个宏大而特殊的文化语境中，或许他们的"怕"并没有看上去那么奇怪。尤其是陶红英和崔百泉。

三、智能技术手段的另类替代

卡伦·霍尼在她的研究中，展示了这样一种洞见：神经症人格与特定时代的社会文化环境密切相关。她认为"每一种文化所提供的生活环境，都会导致某些恐惧"。神经症的"基本特征本质上是由存在于我们时代和我们文化中的种种困境造就的"。也许还原到金庸江湖的文化语境中，我们能够更好地共情那些被极度恐惧支配所产生的"不正常"。

金庸江湖中，并没有一种硬性的规范性力量，来有效制止强者对弱者施暴。群侠对"武林道义"的重申往往只是一种舆论呼声。一旦强者找到动武的正当借口，这种呼声也会变得极其微弱。与此相对应，超出限度的报复，则是被江湖规则默许的。

"行走江湖，过的是刀头上舐血的日子。"对于这种生存状态下的江湖武人而言，残忍——尤其是有"理由"的残忍，并不是那么不可接受的。失信、虚伪、怯懦这些与武人天性相悖的行为，才是人们真正鄙夷的。

在这样一种文化语境下，任何一个江湖武人都有可能遭遇残酷的暴行。每个人脑袋上都悬着若干把达摩克利斯之剑。武功修为较差、人脉资源较少的人，无疑处于一种更加不利的境况中。

惹不起，我还躲不起吗？没错，在古代社会，即使身犯要案、得罪皇帝的人，也存在远走他乡、不知所终的可能性。受限于治理的技术水平，古代政府不可能对社会实现全方位的管控。庙堂之外，皇权未能触及的空间仍非常广阔。又没有人脸识别、GPS 定位，没有指纹、DNA 采集技术，身份信息也不联网，谁知道隔壁住着的拾荒老汉是不是建文帝，挂单的老和尚是不是李自成？

所以陶红英对韦小宝说"你得罪了皇帝，逃去躲藏了起来，皇帝不一定捉得到你"。但是她马上话锋一转，说出一句让人意想不到的话："得罪了神龙教主，却是海角天涯，再无容身之地。"

陶红英的这个说法当然有所夸张，比如韦小宝若躲到苏菲亚公主的石榴裙下，神龙教主纵有通天彻地之能也无可奈何。但陶红英这个判断，却代表了武林中的一种普遍的心态：对于广阔的江湖空间而言，绝顶高手拥有比政治人物更为强大的掌控力。所以杨康对穆念慈说，得罪了欧阳锋，"天下虽大，咱俩却无容身之地"。游迅等江湖豪雄欲杀害任盈盈，"但一想到任我行，无不惊怖，这事如果泄漏了出去，江湖虽大，可无容身之所"。

以权势而论，武林高手当然比不过皇帝。但问题的关键在于，绝顶高手那些超凡的武术技能，可以发挥智能技术的部分功效，实现对现代技术手段的另类替代，这就使得他们对某一个个体生命的掌控能力，要胜于官府。

在金庸的江湖世界中，内功修习到一定深度，即可感知远处的来人，并通过脚步声音获知其部分身份信息。这不就是远程人体感知与监测技术吗？还带一些 GPS 定位的功效。

无论你容貌改变多大，高手通过观察身形步伐，或者对掌试招，就可以精准辨察你的门派来历、武功路数，堪比人脸识别和基因检测。

再配合超快的速度、持久的耐力、强大到匪夷所思的战斗力和飞花摘叶皆可伤人的远程猎杀能力，他们比一个全副武装的现代特种兵还要厉害。如果朱棣身边有这样的高手，建文帝分分钟就被揪出来了。想想胡青牛夫妇，为了躲避仇家，费了多少心思、设置了多少伪装，但在高手的强大的侦查、猎杀能力面前，还是变成了飘飘荡荡挂在树上的两具干尸……

一个人如果是用毒大家，他（她）手中之毒也可弥补武功的不足。这种神奇的东西来无影去无踪，犹如可怕的化学武器，足以穿透一切屏障、令所有防范手段失效。有些毒还带有生物武器的性质，如欧阳锋的蛇毒和海大富的化尸粉，在一定条件下可无限复制、传播。若是得罪了用毒大家，怕是求死而不得。设身处地想一想，大概就能明白为什么江湖中人闻五毒教之名则色变；为什么姜铁山为了防范擅用毒药的师兄，竟要铸铁为屋。

更可怕的是，这些掌控欲强的武林高手和用毒大家，往往不是一个人在战斗，而是弟子成群、爪牙众多。你所面对的，不是一个特种兵，而是一支特种兵部队；不是一两种生化武器，而是一个使用生化武器的团伙。你能跑得掉吗？

由于缺少必要的技术手段，官府对广阔的山泽世界确实鞭长莫及。松弛的管控其实是"非不为也，实不能也"。但金庸武侠世界种种神奇的武功毒药设定，弥补了古代社会技术手段不足的缺陷，使强者对江湖的有效控制不再是梦想。强者主宰弱者的生命，是一种必然。

因此，在江湖武人的想象中，绝顶高手及其一众爪牙对武林的控制是无孔不入的。这最终使江湖有了更为稠密的权力支配网络。恐惧，在漫无边际的江湖间弥漫。在这样一种文化环境中，或许我们就会对陶姑姑、崔百泉心底的"怕"

有更为深切的同情。

这也使"退隐江湖"成了一个没有多少意义的成语。伴君如伴虎，你想从庙堂脱身，归隐江湖，可在某些层面上，江湖的权力密度较之庙堂更胜一筹。退隐江湖，无非是抽身龙潭又栖身虎穴。于是，"退出江湖"这个词才是"退隐江湖"最有效的补充。真正想从名利场上退出，就是连江湖本身都要退出。

"退出江湖"这件事是如此重要，以至于发展出一套程序化的仪式，名曰"金盆洗手"，请请客、收收份子钱，以盛大典礼的方式向天下宣示事主与江湖关系的彻底割离。可是在无处不在的权力网络里，一个人能否成功退出江湖，已经不是自己所能决定的。因此，"金盆洗手"往往洗来一手泡沫和一地狼藉。

生为江湖武人，"恐惧"真的是宿命吗？如何能够"免于恐惧"？

办法还是有的，似乎也不难。

四、当左冷禅伸出橄榄枝

如果你得罪了势力庞大的绝顶高手，甚至结下了血海深仇，此事如何善罢？只有等死吗？

不要担心，只要你还有"价值"，强大的对手会适时展示仁慈，他们已经为你想好了出路。

莫大先生曾手刃左冷禅的师弟费彬，此事被发现后，老莫内心也颇为忐忑："衡山派与嵩山派总之已结下了深仇，今日是否能生下嵩山，可就难说得很。"万万没想到的是，左冷禅竟主动给出了和解方案："这件事你也不用太过担心，费师弟是我师弟，等我五派合并之后，莫兄和我也是师兄弟了。死者已矣，活着的人又何必再逞凶杀，多造杀孽？"

这种和解方案绝不是个例。巡视西湖梅庄的一众魔教长老，见到了任我行，本来立有不测之祸，但只要肯服用三尸脑神丹，便成了自家人。新修版《天龙八部》中，秦家寨和青城派群豪被慕容家臣包不同极尽羞辱折磨，但只要他们接了"燕"字旗，成为慕容家族麾下，凶神恶煞的包不同立刻换了一张笑脸，竟连连拱手、"诚恳谢过"。韦小宝面对假太后，如鼠见猫；可他一旦加入神龙教成为白龙使，再见假太后时便立刻享受了小皇帝也未曾有过的待遇。

事实上，左冷禅伸出的橄榄枝，代表了两重许诺，许诺你可以免于两种恐惧。一是免于我带给你的恐惧：你加入我们，自己人不会再找你的麻烦。二是免于其他强者带给你的恐惧：打狗还得看主人，江湖险恶自有大哥罩着你。所以包不同会对接过"燕"字旗的人说，"以后不论有何艰难危困，捧了这面旗到苏州来，事事逢凶化吉"。

　　这里也暗含了这样一层意思，当"我们"的力量滚雪球般越来越强大，便可以对抗其他一切江湖武装力量。所以左冷禅要为自己的并派找一个克服"来日大难"的理由。

　　在霍布斯的《利维坦》中，人们为了免于自然状态下相互攻杀的恐惧，便"把大家所有的权力和力量付托给某一个人或一个能通过多数的意见把大家的意志化为一个意志的多人组成的集体"。在这个过程中，人们让渡了自己的权利："我承认这个人或这个集体，并放弃我管理自己的权利，把它授予这人或这个集体，但条件是你也把自己的权利拿出来授予他，并以同样的方式承认他的一切行为。"

　　于是，在这种弥漫着"怕"的江湖文化语境中，越来越多的江湖豪侠在恐惧的支配下，在"生死符""三尸脑神丹"等各种神器的威胁下，放弃了独立的侠的人格和快意恩仇的自在，选择成为强者手中的棋子。但与《利维坦》中的描述不同，订约的不是全部人——不是强者和弱者一起把权利让渡给集体，而是仅仅由弱者让渡了全部权利。强者则充当了《利维坦》中代表集体的那个人格："大家都把自己的意志服从于他的意志，把自己的判断服从于他的判断。这就不仅是同意或协调，而是全体真正统一于唯一人格之中。"

　　弱者因为"怕"，强者因为想更"强"，大家都不约而同地怀着一个利维坦的梦想。

五、再无容身之地

让渡个人权利的社会契约不同于"七天无理由退货"的网络购物，一旦形成，你将无法毁约。霍布斯将背约者视为不义。"一个君主的臣民，不得到君主的允许，便不能抛弃君主政体、返回乌合之众的混乱状态，也不能将他们自己的人格从承当者身上转移到另一个人或另一个集体身上。"你觉得如果你成为左冷禅或慕容博的小弟，你还有退出的自由吗？

退出意味着背叛。背叛帮派教门，将遭受最严厉的惩罚。对方将动员一切力量进行追杀。你将避无可避。长乐帮对脱帮私逃之人，"便追到天涯海角"也不放过。红花会成员若"犯了规条的就是逃到天涯海角……（执刑者）也必派人抓来处刑"。明教圣女若犯规，"纵然逃至天涯海角，教中也必遣人追拿"。连红花会、明教这些正面教派对成员都如此严苛，神龙教、日月神教会用怎样的手段，大概不难想象。

在这种情况下，退出者可能有的自保方式，是加入与原来帮派势均力敌的另一个派系，寻求庇护。或者利用不同势力之间的权力缝隙艰难生存。毕竟江湖中不只有一个强者，不只有一个利维坦。

但"江湖一家"的计划却紧锣密鼓地酝酿着。这一计划有充分的正当性说辞："倘若武林之中并无门户宗派之别，天下一家，人人皆如同胞手足，那么种种流血惨剧，十成中至少可以减去九成。英雄豪杰不致盛年丧命，世上也少了许许多多无依无靠的孤儿寡妇。"

因为说话者是岳不群，本身虚伪，他这段话一般没有引起重视。但这番说辞的深层逻辑，正是通过人们对"流血惨剧"之恐惧，对"盛年丧命"、妻儿成为孤儿寡妇的"怕"，来论证建立一个无处不在、无所不包、让最强者之外所有人让渡权利的江湖利维坦的正当性。这个计划一旦实现，用霍布斯的话表述就是："这就是伟大的利维坦的诞生……这就是活的上帝的诞生……"

"江湖一家"的计划最终失败，但这个计划的正当性论证，却把在江湖普遍恐惧下催生的利维坦之梦推向了高潮。这个梦，并未随着计划的流产而醒来。

朱迪丝·施克莱曾展示了"恐惧"的另外一种政治可能：因为存在恐惧，所以才要免于恐惧，才恰恰有必要制约掌权者的权力，防范他们对权力的滥用。

也许江湖中的单个弱者永远也无法制约强者。陶红英和崔百泉们如果能形成广泛的共识，集体规范最强者的强力，才是一条理想的通路。但那在前现代的时空里，毕竟只是一种奢望。令狐冲和恒山群侠，本着一种维持江湖传统自有生态的朴素的直觉，拒绝了各种强者伸来的橄榄枝，成为钉子户一般的拒盟者。可他们敢说"不"的最大底气，是令狐冲手中那柄比强者的武器还要强大的长剑。

　　于是，在金庸江湖中，不会"独孤九剑"的庸手只能带着"强迫思维"一遍一遍审视自己的言行，生怕哪个细节做得不到位，引发了强者的不快。江湖，确实需要一点"强迫思维"。只不过不该由弱者反反复复审视自己，而是应该由弱者反反复复审视强者。

宝藏、秘笈、龙脉

宝物重要性排序的背后

一、江湖中的三类宝物

　　一千万元现金、健康的身体、帅哥美女的容颜，你有机会获得三者中的一个，你会选择哪个？互联网上常有这样不切实际但让人遐想不已的选择题。偶尔做做白日梦也好。但我们今天换一个问法，如果把你置于金庸宇宙中，你可以拥有任何一件宝物，你会选择哪一件？

　　你也许想买房却拿不出首付，你也许正背负沉重的房贷，你也许正为孩子的学区房而焦虑，来到金庸宇宙，选择一张藏宝图，按图索骥找到财富，难题迎刃而解。《雪山飞狐》里的闯王宝藏好不好？《连城诀》里的梁元帝大金佛来一座？寻找宝藏、追逐财富原是通俗小说的重要主线。这些财宝的数量往往惊人，且多是硬通货，随便获取一部分就可以爬上各种富豪榜。

这是金庸宇宙。这些钱，你有命拿，可有命花吗？现代社会，法治昌明，彩票中大奖的幸运儿有些还要戴面具去领奖。在刀光剑影的武侠世界，不会武功的你，大概率死在了寻宝的路上。就算你瞎猫碰到死耗子，找到了宝藏，没几天就被人给"咔嚓"了。雇保镖还不行吗？保镖手里的刀子指不定冲着谁。想想《连城诀》里戚长发等三人与恩师的"情谊"，再想想他们师兄弟之间的"情谊"，我们就会明白，在巨额金钱面前，保镖和主顾之间那点儿信任根本靠不住。

看来自己会武功才是王道。我们还是应该选择神兵利器或武功秘笈。想想倚天剑在手，谁敢"咔嚓"你，你手中大宝剑呛啷啷出鞘，"寒芒吞吐、电闪星飞"两个成语一出来，他半个脑袋就没了。若对方是高手，能空手入白刃，你就麻烦了。张无忌能用乾坤大挪移从灭绝师太手上夺倚天剑，夺你的简直是小菜一碟。别忘记《飞狐外传》有位姓南的官员，得了宝刀的那一刻，就已经成为"怀璧其罪"的人肉注释，丢了脑袋一点也不意外。

所以还是武功秘笈比较靠谱，不管什么九阴九阳、什么拳什么掌，先练上几手。野心够大、意志够坚定，《葵花宝典》也可以练。忍痛、止血，一个外科手术过后，你若侥幸不死，就有机会成为捏着兰花指的绝世高手。

　　成了高手是可以安枕无忧，但到了这个层次的人，多半会有更高的精神追求。高手能实现自己的理想吗？还真不一定。

　　《碧血剑》里的袁承志已是当世一流高手，可空有一腔热血、一身神功和熠熠生辉的主角光环，却在明亡清兴的大环境里无法作为，只能远走海岛避世。郭靖自己是中原第一高手，天下五绝不是师友就是岳父，多多少少都沾亲带故。这样开挂的人生，应该是随心所欲、无不如意吧，理想不是分分钟实现吗？可并非如此。他和妻子黄蓉大半辈子都耗在守襄阳城上了，他俩就像《植物大战僵尸》无尽版里的玉米加农炮和豌豆射手，疲劳地击退一波又一波的僵尸，又绝望地看到更多的僵尸无穷无尽地冲上来。最后襄阳城破，以身殉国。再想想《天龙八部》里的萧峰、虚竹、段誉三兄弟，他们以绝世武功擒住了辽国皇帝，逼他不再南侵。但仅三十多年后，阿骨打后代族人的铁蹄就已踏碎了萧峰的梦想，母国大辽灰飞烟灭（残留下西辽），钟爱的大宋只余残山剩水。

　　袁承志出走海外，常让人联想到虬髯客。《唐传奇》里的虬髯客原是一个志在天下的奇男子，但他"一旦见文皇，自惭不逮，甘心逊避"。李世民才是真命天子，虬髯客知人力不能与天意争锋，于是远走异域，海外建国。

　　每到王朝鼎革的兴亡之际，个人便似洪流中的浮萍，任你有盖世武功，也无处着力。王侯将相，或"委命下吏"，饱学宿儒也许只能像张岱感慨西湖旧景一样来慨叹兴废："凡昔日之弱柳夭桃、歌楼舞榭，如洪水淹没，百不存一矣。"武林豪杰，谋有一番作为，但多数被大浪拍死在沙滩上。像评书里的李元霸——虬髯客同时代的"天下第一好汉"，一对擂鼓瓮金锤打遍天下无敌手——非想挑战一下老天爷，大锤扔上天，砸死的是自己。

武功秘笈，并不是金庸宇宙的终极法宝。有追求的大侠们试图把握的，是历史的步伐。他们想要追求一种来自历史脉搏深处的确定性。有几样宝贝，还真与此相关。

一个是鸳鸯刀中的秘密，据说掌握了它可以天下无敌。它一度被武林人士想象成一套神异的武功，又被政治人物解读成可以夺取江山、成万世基业的政治秘术。事实上只不过是一句正确的废话。就好像告诉你一个让你实现财富自由的秘密，那就是"努力赚钱"。但正确的废话，也是对统治者的良性规劝。

另一个是"射雕"世界的《武穆遗书》，这是岳飞毕生军事经验的总结和精粹，熟读之后，行军用兵，可以百战百胜。张无忌将此书赠予徐达之后，徐达屡破元军，灭元兴明，这部神书功劳不浅。这当然是小说家一厢情愿的异想天开，这种想象和宋太宗喜欢授予前线大将阵图一样，都是纸上谈兵。

第三个是《鹿鼎记》时代八部《四十二章经》中的秘密。

经书中藏着标示了清廷龙脉和八旗大宝藏的地图。龙脉是烟幕弹，宝藏却是实有。但"龙脉"这个说法的存在，无意中抬高了寻宝者的心理预期。觊觎这个秘密的人，个个都有逐鹿天下的雄心。神龙教主、吴三桂、桑结大喇嘛，哪个是省油的灯？别的小说中，人们找寻宝藏，多半为了实现财富自由，可《鹿鼎记》群雄获得这笔财富的目的是招兵买马、逐鹿天下、改写兴亡。陈近南说要"取出宝藏，兴兵举义"，连老实巴交的宫女陶红英都说"那些金银财宝，便可作为义军的军费"。神龙教主更是表示"得了这宝藏之后，咱们重建神龙教就易如反掌了"。

龙脉虽系子虚乌有，可作为一个深入人心的象征性符号，一旦被掘断，势必对清廷八旗贵族形成极大的心理震慑，军心民心或可动摇，而反清势力则会士气大振。可以说，《四十二章经》中的秘密，是有机会改变历史走向的。

二、"侠之大者"与被忽略的身边事

行文至此，我们可以将金庸宇宙中的宝物总结为三类。

第一类是增加个人财富的，就像宝藏以及藏宝图。第二类是增强个人能力的，如武功秘笈。第三类则是可以影响历史的，如前述《武穆遗书》《四十二章经》中的秘密等。

　　第一类宝物的重要性远比不上第二类宝物。根本原因在于金庸江湖秩序的缺失。

　　第二类宝物在增强个人能力的同时，也实质性地增强了个人的支配力。在一个弱肉强食、盛行丛林法则的世界，唯具有强大的支配能力，才能攫取更多的利益。

　　说金庸的江湖弱肉强食、盛行丛林法则，这似乎让人很难接受。他有意把士大夫的理想道德注入江湖中去，他笔下的名门正派人人讲道义，虽然不乏岳不群、汤沛之类的伪君子，但真心奉行道义者，也大有其人。魔教中也有不少铁骨铮铮的好汉子，有意无意践行着道义。可就是在这样一个讲道义的江湖中，弱肉强食的惨剧也难以被真正制止。

　　想想李莫愁、丁不三丁不四兄弟，都是手段残忍、滥杀无辜的恶徒，可他们一样为祸武林多年。再想想长乐帮，其帮众一出场就把无辜的大悲老人群殴致死。此帮派恃强作恶、欺男霸女，还把总舵设在人文荟萃的江南。他们除了惧怕神秘的"赏善罚恶令"，竟没怕过谁。武林群豪针对上述恶徒的集体行动大概就是望风而逃。

　　更有甚者，青城派余沧海为夺剑谱灭掉林家满门，搞得好好一部《笑傲江湖》的开篇像是"午夜凶铃"。面对如此残忍暴行，没见哪个大佬公开号召制裁。讽刺的是，老余仍是各种名门正派聚会的重要嘉宾。除非对方是"邪魔外道"，正派人士才会怀着"猎巫"的热情追剿。在这样一个秩序缺失的江湖中，帮派复仇是弘扬正义的少有手段，但还常常被规劝：冤冤相报何时了，算了算了。

江湖上确实有不少讲道义的侠客，他们也会行侠仗义、匡扶正义，却没有尝试推动一种秩序的生成。金庸的江湖，既是一个真诚讲道义的江湖，实际上却也是一个弱肉强食的江湖。道义是主流观念，可对于道义的维护和不义行为的制裁，却缺乏有效手段，也缺少集体行动。

江湖群豪并非没有集体行动的能力。大侠们最喜欢开会。《神雕侠侣》的大胜关英雄大会、襄阳大会，《碧血剑》的泰山英雄大会，《鹿鼎记》的"杀龟大会"……这些大会都热闹非凡，组织得有声有色。但这些大会绝大多数与构建江湖秩序无关。大会的主办方、承办方，以及嘉宾们更关心的是军国大事。

大胜关和襄阳的大会是为了团结江湖力量抵抗蒙古铁骑；泰山英雄大会则是东部七省草莽英雄推选盟主，准备在天下鼎革之际"做一番事业出来"；"杀龟大会"一方面共谋对付吴三桂，另一方面是要整合武林门派反清。这些大会都有鲜明的政治特色。聚贤庄大会看似仅仅为了对付一个"恶徒"，可根本起因是宋辽对峙、胡汉恩仇，底色仍然是政治的。即使初衷与政治无关的少林"屠狮大会"，到最后竟不知不觉完成了抗元的政治动员，与元军短兵相接竟成了此次大会盛大的闭幕式。

我们可以清晰地看出，金庸宇宙中群豪的集体行动，多数是深度介入政治的。参与军国之事，是大侠们最重要的理想追求。郭靖时常挂在嘴边的"侠之大者，为国为民"就是其中一种写照。

《孟子》里说，"尧舜之道，不以仁政，不能平治天下"。金庸的士大夫想象使得他笔下的大侠们把追求仁政、平治天下作为心中道义原则的最高实现形式和最终理想追求，于是，他们始终把视线集中在天下兴亡、苍生福祉，甚至是夷夏之辨上。与此同时，大侠们似乎没有兴趣通过集体行动来构建一个有效的江湖秩序，或生成一套能落到实处的规范准则。他们虽然栖身于江湖之中，但他们从来不把"江湖"视为自己应该实现理想的场域，他们的情怀永远在庙堂之上。就像诸葛亮虽然躬耕于南阳，栖身于草庐，但他的理想可不是经营打理草庐以及处理周边邻里关系，他关心的是"天下三分"的可能和"霸业可成，汉室可兴"的实现路径。"目尽青天怀今古，肯儿曹恩怨相尔汝"，大侠们胸怀天下今古，江湖上正义与不正义的打打杀杀，也许只不过是放不进眼里的"儿曹恩怨"。

这样就出现了极为吊诡的一个情形：最重"道义"的金

庸江湖，却没有因为"道义"而形成良好的秩序。道义赋予了江湖大侠们一种"忍不住的关怀"，去关怀庙堂、关怀天下，却疏于或不屑于江湖秩序的构建，最终的结果是最重"道义"的金庸江湖，却最没有"道义"。

金庸宇宙宝物重要性的排列也就顺理成章了：宝藏比不过武功秘笈，因为江湖没有秩序，有钱的打不过武功高的。段位更高的大侠则更关心兵书、军饷，以及子虚乌有的龙脉，因为他们心怀士大夫平治天下的理想，有"忍不住的关怀"。这种关怀也让他们忽略了构建江湖秩序的尝试：宝藏比不过武功秘笈成为这种忽略的必然代价。

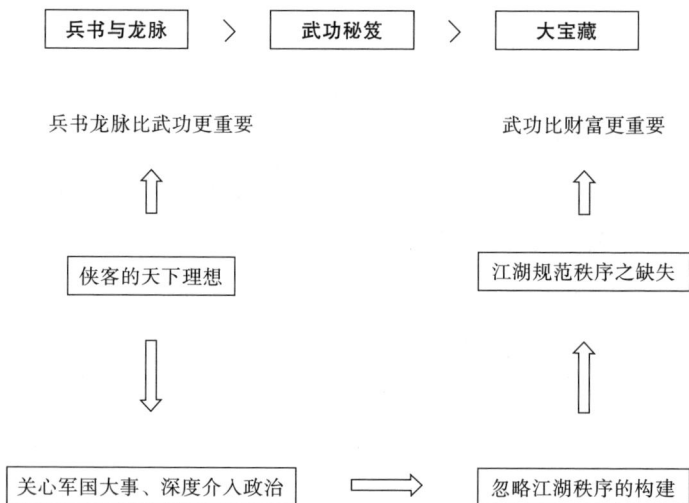

兵书与龙脉	＞	武功秘笈	＞	大宝藏

兵书龙脉比武功更重要　　　　　　武功比财富更重要

⇑　　　　　　　　　⇑

侠客的天下理想　　　　江湖规范秩序之缺失

⇓　　　　　　　　　⇑

关心军国大事、深度介入政治　⟶　忽略江湖秩序的构建

三、"此世界非公世界也"

大侠关心庙堂，仅仅是讲出了故事的一面。江湖，经常很无奈地被裹挟进庙堂。《倚天屠龙记》里，六大门派人物参与政治的热情并不相同，可都被郡主赵敏囚禁在万安寺里。《飞狐外传》里，江湖上大大小小掌门人数不胜数，他们有些并不关心政治，就想过好自己的小日子，但无一例外均被大帅福康安盯上。于是，一场鼓励大家自相残杀的天下掌门人大会在福康安的主持下隆重召开。武林秩序，被进一步破坏。

大侠的庙堂情怀和朝廷的江湖野心，往往是互为因果的。红花会和胡斐越想介入政治世界，乾隆和福康安们便越发感受到来自江湖的不确定因素，也就越想介入江湖纷争。反过来，朝廷介入得越深，越会激起大侠们追求"仁政"理想的雄心。

如果清廷在经略江湖的同时，能为江湖建立起良性的法律秩序，也不失为一件好事。但在金庸宇宙中，不管是乾隆还是福康安，他们只关心各大门派闹事不闹事，却并不在乎《大清律》能不能在武林中生根。所以让群雄自相残杀是最常见的操作。弱肉强食，依照丛林法则行事，似乎是金庸江湖的宿命。在这种宿命里，个人财富的重要性永远比不上武功秘笈。大侠和朝廷的眼睛，都紧盯着历史走向和江山气数。

　　政治世界是复杂的，江湖豪杰凭一腔热血进入庙堂，往往并不能发挥什么作用，甚至会起反作用。越到后期，金庸笔下越流露出这种情绪。武功、人品、才智俱臻一流的"流量"大侠陈近南毫无作为，他对历史的影响甚至远远比不上油腔滑调的韦小宝。"神拳无敌"归辛树几乎是中原第一高手，可活得稀里糊涂，多次险坏大局，充当了破坏力极强的"猪队友"。

　　在明末清初如此复杂的历史大变局里，每一个真诚地参与政治的侠客都是痛苦的。袁承志很真诚，只能选择远遁；陈近南真诚，却一事无成；归辛树也真诚，总是化作"猪队友"帮倒忙。不满足于一人苟安，而关心公共事务，原本是人之为人非常重要的美德。大侠们也是怀着这样的初衷行事，却忽略了"关心公共事务"和"深度介入政治"之间的区别。

　　与金庸的多数小说不同，在《鹿鼎记》中，改变历史走向的终极宝藏始终没有真正呈现在读者眼前。子虚乌有的龙脉和真正的八旗大宝藏都没有出场机会，康熙就已搞定了所有事情：抚蒙藏、平三藩、收台湾、败罗刹，整顿乾坤事了，天下大事已定。这里的政治世界已经不需要武侠元素的介入，就像《虬髯客传》中神秘道士对虬髯客所说，"此世界非公世界也"。于是，陈近南们参与政治的努力，也越发具有堂吉诃德式的苍凉和悲壮。

江湖打工人改变命运的两种路径

一、人在江湖，亦是打工人

在美剧《冰血暴》第二季中，满口哲学金句的小哥米利根为黑帮集团浴血奋战，他九死一生却也歪打正着地完成了开疆拓土的任务：使集团吞并了法戈市黑帮家族的产业。按照惯例，集团应封疆裂土，以酬有功，小哥本该接管这块新地盘，出镇一方。他满心欢喜，决心干出一番事业。哪知黑帮集团正面临公司化改组和转型，不再搞打打杀杀那一套。等待小哥的不是裂土封侯，而是一个协助会计部门工作的职员岗位。时代不同了，集团不需要他征服天下，而是需要他在某个日期之前提交公司的财务预算和收入报表。人世间最无奈的发愣，就是心怀英雄梦，却是打工人的命。

很多人幻想自己能够进入武侠世界，实现一个英雄的梦

想。20 世纪 80 年代《少林寺》热映，这座嵩山古刹仿佛成
了使地天相通的传送门，少年们扔下习题集，竞相涌至。但
电影是电影，现实是现实。即使有一天他们能够穿越到真正
的金庸世界，来到少林，也会有壮志成灰的叹息和惆怅。

闯荡江湖无非是要打破日常生活的枷锁，练成神功，行
侠仗义、快意恩仇、"爱咋咋地"。可只要你没有主角光环，
练成神功的难度，一点也不亚于你从职员熬成董事长。武功
进阶之路关卡众多，高手和普通人之间等级森严。即使你非
常幸运，加入天下第一名门正派少林派，按照《鹿鼎记》的
说法，你的练功之路，仍然非常漫长：

少林长拳——罗汉拳——伏虎拳——韦陀掌 / 大慈大悲
千手式——散花掌——（略）——一指禅等神功

资质一般者，练到伏虎拳就止步了；即使坚持下来，跨
越到下一个阶段至少需十年。真正练成可与天下英雄一争短
长的"一指禅"，多需半个世纪以上。人在深山的"小镇做题家"
澄观禅师心无旁骛，一心习武，练成一指禅也用了四十多年。
就好比你满腔热血来到公司，想为董事长出谋划策，打下商
界一片江山。结果要先从端茶倒水、开车门做起，然后做做
会议记录、整理烦琐的报表……等到可以接近董事长了，已

是领着退休金跳广场舞的时候了。我们都羡慕班超万里封侯，大丈夫"安能久事笔砚间"？可当真的投笔从戎，上级很可能拍拍你的肩膀，递给你一支蘸饱墨水的新笔，让你从军营书吏做起。

问题还不仅仅是熬年限。在金庸世界里，你在进步，别人也在进步。你苦练几十年，功力深了，可排名从未改变。江湖中高手和低手之间的等级秩序像是铁板一块，撬都撬不开。"射雕"时代，柯镇恶与丘处机相比，就差一大截。丘处机和"东邪西毒"相比，也差一大截。有差距不要紧，可要紧的是，直到"神雕"时代结束，几代人的时光都过去了，他们之间的差距还是那么大。不是大家不努力，而是没有主角光环的照耀，已经固化的江湖秩序难以改变。

丘处机和柯镇恶已是很有话语权的侠客阶层了。少林的知客僧、武当的小道童、福威镖局的趟子手、朱武连环庄的僮仆，更是一生劳劳碌碌，终无出头之日。他们连说"人在江湖，身不由己"的资格都没有。"人在江湖"，首先表达的是"存在"，可多数人毫无存在感。他们只是江湖流沙、武林落叶，流落无声。

武功不高，在名门大派谋个高位，不是一样能够影响武林吗？谈何容易！丐帮弟子有几十万之多，长老级别的从来都是个位数。而且帮内层级森严，从一袋弟子爬到九袋长老，不知道有多少沟沟坎坎。

　　没有尽头的加班，沉重的压力，烦琐的工作，多少梦想被淹没。穿越到金庸世界，却发现自己更加卑微，工作更加烦琐。本想摆脱打工人的命运，却发现不过是换了个地方当打工人。

　　事实上，没有主角光环的你，想在金庸世界摆脱打工人的命运，也有两条路。

二、共同体的"大我"

　　江湖人摆脱打工人命运的两条路，可以简短总结为：一是融入共同体的"大我"；二是追随有魅力的"大哥"。

　　我们先看第一条路径，具体来说，是将个体生命汇入政治共同体的"大我"。在费希特的观点里，个体的生命都是有限的，是世俗生命，但以民族为代表的整体，却能赋予个体以无限的神圣生命。民族的独特性是一种永恒的秩序，"延伸为在尘世的持久生命"。

　　以赛亚·伯林清晰地呈现并解读了费希特更深层次的含义：真正的自由的自我，不是我身体内的经验性的自我，而是所有人共有的自我，是一种共同体中的自我，是超级自我、神圣自我，它是与历史、民族等同的。

　　普通江湖人的生命是卑微的，武功是低微的，在武林中跑跑龙套，生死本不会泛起任何波澜。但当他们将精神的自我汇入家国天下这个"大我"，并积极投身事关苍生社稷的宏大事业，那么在费希特的意义上，他们的生命就不再卑微，而是获得了前所未有的真实意义。

　　所有投身于此事业的江湖儿女的生命统统成为历史进程、国家命运的一部分。如果战死，他们的死，就成了"牺牲"，具有了不朽的意义。同样是死于刀兵，如果你在江湖中被强人乱刀砍死，只能是一场事故；如果你在襄阳城外力抗忽必烈大军，不幸战死，你的死就和千千万万壮士的死共同构成了一场壮烈的事件，成为历史浓墨重彩的一笔。

　　就如南宋时的丐帮，身负抗金抗蒙重任，每一个普通弟子不分贵贱，都充满熊熊的激情。哪怕只是最基层的一袋弟子，只要参加过襄阳鏖战且侥幸不死，你都将具有傲视群雄的资历。

　　这种情况也导致了事关"夷夏之辨"的政治站位（偶尔也涉及"正邪之辨"），一定程度上超越了武功、身份和地位，成为江湖月旦评的首要参考标准。茅十八武功虽不入流，但敢在大庭广众之下，扯着嗓子痛斥"汉奸"，引来了沐王府高手的"好生相敬"。这种站位也给茅十八带来了深层次的意义感。当获得参见陈近南的殊荣时，他感慨即刻便死，也不枉此生。这意味着他获得了天地会这个共同体的认可。天地会背后，是一整套关于更大的共同体的政治叙事。对于茅十八而言，他的崇高感怎能不油然而生？

与此相反，乔峰虽慷慨仁厚、武功盖世，但契丹人的身份一被披露，山呼海啸般的质疑声音立刻汹涌而来。这个身份本身，就使他获得了一种类似基督教"绝罚"的惩罚：被驱逐出"抗御外敌、保国护民"这个宏大政治共同体。从个体生命体验的角度来说，获得共同体"大我"认可的人，是"今儿个真高兴"；被共同体"大我"驱逐出去的人，是越活越憋屈。

三、有魅力的"大哥"

我们再来看看江湖打工人改变命运的第二条路径。

第二条路径是追随一些具有特殊感召力的"超凡魅力"人物。江湖打工人总幻想打破武林中僵化的条条框框，颠覆固化的权力结构、森严的等级秩序和以武功高低为基石形成的身份地位。在韦伯的理论中，超凡魅力人物正是要打破理性规则和传统，颠覆神圣概念，而以这样的人物为核心所形成的社会支配，也是要以"一种革命性的极端方式改造一切价值观，并与一切传统规范和理性规范决裂"。

在公司当久了底层职员的打工人，突然遇到一个和你称兄道弟的大佬，许诺建立一个打破等级秩序、帮你实现梦想的公司，你多半会把握住这个可以改变你打工人身份的机会。

在金庸世界，什么样的人物才具有超凡魅力？这种人物杀伐决断，敢于破坏传统规则，尊师重道的郭靖和优柔寡断的张无忌显然不行；这种人物要有亲和众人、驾驭群才的能力，黄药师虽魅力四射、不拘礼法，可惜太过高冷。

事实上，在金庸世界里，真正具备这些特质的，往往是"邪魔外道"中的顶尖高手。

"邪魔外道"本就不遵循名门正派的武德，他们在打破条条框框、扫荡江湖规矩时没有任何历史包袱和心理负担。像任我行，名字中自带翻转山河、不守规矩的霸气，属于把专横的个性印在身份证上的人。血刀老祖一出场就把处在江湖身份秩序最顶端、不可一世的富二代情侣"铃剑双侠"打得狼狈不堪，吃瓜群众在谴责暴力的同时，只怕也能嗅到一丝绿竹翁戏耍金刀王家时才有的爽文味道。

打破秩序的另一层体现，是用自己的超凡才智和对武功的独特理解，改变武学世界的进阶规则，让武功低微者充满希望，让根器不佳者不再绝望。血刀老祖说，就算手脚都被砍断，也能练成血刀门的功夫，这正是向狄云做出了一种超越物理规律的诱人许诺。如果血刀老祖人品端正，狄云大概会死心塌地地成为他的崇拜者。

这方面表现更为卓著的是神龙教洪教主。他能让心急的懒人立马吃上热豆腐。洪教主"随机应变""创制新招"，拍拍脑袋随便教几招，就让毫无武学基础的韦小宝身负奇技，具备了出奇制胜、歪打正着制住武林高手的资本。

这更像一个一穷二白的小伙子身逢奇遇，陡然逆袭，走上人生巅峰的励志冒险故事，而奇遇的制造者，正是洪教主。在这个故事里，洪教主对武学进阶秩序的打破和他的个人魅力已经融合为一。韦小宝将他和少林老师侄澄观做对比，二人虽内功相差不多，但洪教主"何等潇洒如意"，老师侄"却是呆木头一个"。对比澄观和洪教主，其实对比的是秩序森严、等级固化的传统名门大派的武学进阶之路和点铁成金的超凡魅力人物所造就的武学逆袭之路。

尽管任我行和洪教主晚年都发生了转变，愈加恩威不测，但仍能推测出他们早年具有超强的亲和力和人格魅力。任我行曾"与教下部属兄弟相称"，没太大架子，不拘一格拔擢人才，东方不败资历不深就身居高位。向问天这样狂放不羁的豪雄为救他脱困，甘冒奇险，费尽心机，这也从侧面说明他的人格魅力。

在洪夫人身子一倦就要杀人的时代，神龙教中的一众元勋虽命比纸薄，但他们仍被统称为"老兄弟"，可见他们并不是一直卑微可怜。教门草创之时，他们很可能和教主称兄道弟。再加上洪教主才略出众，自然深孚众望。金庸用"百金立木招群魔"这句诗作为描写神龙教政治生态一章的回目，也表明洪教主在用严刑峻法部勒群雄前，也曾用过"百金立木"这种甜滋滋的手段。即使晚年对老兄弟严酷非常，但他仍给予少年教众无限的希望。对元勋的任意杀伐和对少年人的越级拔擢再次让他具有了不循规矩以及打破按资排辈、熬年限的僵化规则的魅力，一种不按套路出牌的魅力。

这就好比一些才略过人的公司大老板，他们极富亲和力，愿意和普通员工称兄道弟；在他们的公司里，大家激情满满，上下班不用打卡，也不存在各种繁文缛节和条条框框的纪律限制；升迁加薪，不用论资排辈；最关键的是，他们向你许诺了一条甚至违背一般规律的快速"逆袭"之路……身为打工人的你，很难不被这种危险的魅力折服。

四、坦途还是荆途？

但是熟知金庸世界故事的朋友们，会发现事情和料想的并不一样。

任我行等人治下真的可以打破条条框框吗？他们打破的只是一种既有的、固定的条条框框，却用自己专断的意志塑造了一个无形而任意的条条框框。生杀予夺，一言而决。当然"一言而决"的还有带给底层打工人无限希望的越级拔擢，但那不是唯才是举，而是唯"宠"是举。伯林在谈话录里谈及欧洲某著名领导人物时指出，他所营造出的政治恐怖不是依靠极其严苛的规则，而是让你完全摸不到规则，也就是在高度的"不确定"中战战兢兢地生活。这就像走地雷阵，在听到响声之前，你根本不知道地雷埋在哪里。

任我行们对待麾下员工又何尝不是如此。没有公司的规则和条例，让你放飞自我的同时，也让公司对你的承诺失去了所有的可靠性。当存在员工手册，辞退你尚需理由；当员工手册不存在了，辞退你根本不需要任何理由。真正可以完全跳出条条框框、享受快意恩仇的，只有"山登绝顶我为峰"的少数人物。

另外，打破条条框框只是暂时的，员工手册迟早会有，规则和秩序一定会建立起来。韦伯说，克里斯玛型的权力支配，只会在初生状态时行之有效。当非常事态返回到日常轨道时，它就会转变为制度，要么被程式化，要么被别的结构取代，要么和别的结构融合。

当超凡魅力人物的地位稳固下来，激情会慢慢冷静，常规化的条条框框就会再次建立起来。随着任我行二次掌权，随着洪教主的基业在海岛上逐渐繁盛，他们就不再是老兄弟们那位没有架子的大哥，前者要照搬东方不败的全套制度，后者要在自己、五龙使、普通教众之间建立森严的秩序。讽刺的是，连吃个"豹胎易筋丸"或许都需要一定的级别。

然而，任我行、洪教主所建立起的等级化秩序，其森严程度，远胜名门正派。这背后具有某种必然性。

渡边浩在研究德川幕府的"御威光"时指出，幕府将军及武士集团的统治，由于缺少中国皇朝天命委托的超越性意识形态和道德文明的承担，正统性资源较为稀薄，因此他们尤其要借助那些能够使身份格式固化、彰显将军权威的象征性符号来统治，如种种象征物、礼仪、仪式等。将军外出时，仪仗队列威严骇人，所经之处，民众要遵守烦琐的仪式要求；本丸御殿中，空间布局规整，有无数讲究，参观仪式极为复杂，处处凸显地位的差别。

黑木崖上雄伟的汉白玉牌楼、熠熠生辉的金字、肃穆的大殿、密布的执戟武士和严格的参拜仪式，与此颇为相似。任我行全盘继承了东方不败的制度遗产，他担心别人造反，想通过这套让人凛然生畏的仪式不断拉开自己和老兄弟们的距离，使自己不断神化，以具有"御威光"般的神圣光芒。于是，"大哥"变成了"文成武德、仁义英明圣教主"。高强的武功只能助力他"一统江湖"，由气氛组烘托出来的神圣性光芒却能助力他给"一统江湖"加上"千秋万载"这个前缀。

这同样折射出超凡魅力人物对权力正统性的焦虑。他们只手开创一个世界，却缺少厚重的传统价值来规范团队。方证大师这辈子都不会担心方生会篡权，阴鸷如左冷禅也不太会专门防范嵩山十三太保。可任我行却要时刻提防身边的任何人。所以他必将打造更为森严的秩序，以更为严酷的刑罚来部勒群雄。繁文缛节充斥在复杂的政治仪式之中，任何人都会呼吸困难。没上黑木崖，底层打工人只是升迁无望、熬夜加班少休息；来到黑木崖，"三尸脑神丹"是你的入职大礼包。

在这个意义上，从圆真阵营中逃脱出来的寿南山确实幸运非常。他平安且寿考、卑微而渺小——这确实是互为因果的两组短语。

其实在"投身于政治大我"和"追随魅力人物"这两条路径之外，还有更为危险和更具吸引力的第三条路径，那就是把前两条路合在一起。但在金庸江湖中这条路并未走通。陈近南和乔峰颇具开辟此路的潜力，但最终不能成功。抗击契丹和反清复明背后都有源远流长的文化传统，这些文化传统生成了种种规范，制约了超凡魅力人物的成长。通俗地说，在金庸世界里，什么是"政治大我"，历史和传统早已写好了剧本，设定了边界，英雄人物难以进行二次发挥。

　　英雄不幸却是江湖之幸。威震寰宇的顶级明星陈近南一遇大事，往往难以如意，流量也始终难以变现——这对任何人而言，可能都不是坏事。

假设《鹿鼎记》有"死亡笔记"

一、正面人物相杀的时代

假设金庸世界存在"死亡笔记"这种东西，写上谁名字谁就死，那么江湖中最重要的就不是武功了，而是手速和识字。

多数情况下，正面人物之间是不会兵戎相见的。这当然也有例外，或因信息偏差产生了误会，或因"正邪"成见而一叶障目，偶尔会有六大门派围攻光明顶、柯镇恶高喊"黄老邪纳命来"这种正面人物"互杀"的局面。但事情总是可以说得清的。一旦疙瘩解开，大家便能冰释前嫌，还做好朋友。君不见，柯大侠，长住桃花岛海景房几十年，没见黄老邪向他收过钱。

但在《鹿鼎记》的世界里，事情却有些不一样。有些正面人物之间的矛盾，是永远解不开的。

假设有"死亡笔记",大家会写谁?除了吴三桂的名字铁定写在首页,其他人物之间的关系就有点复杂了。

在康熙的御制"死亡笔记"上,陈近南大概能排到前几。同样翻开陈近南的小本本,康熙的大名,也一定是位居前列。

康熙是"鸟生鱼汤",仁厚爱民的模范皇帝,可在陈近南、天地会群雄乃至茅十八等一众草莽英雄眼中,他是占了汉人花花江山的坏"鞑子"。陈近南慷慨好义,是天下英雄表率,可在康熙眼里,他是走上错误道路的反贼头子,是"台湾三虎"最危险的那只。他们都是正面人物,可他们都想画个圈圈诅咒对方。

同属反清复明阵营的豪杰们,有时也忍不住想弄死对方。徐天川和白氏兄弟那段公案就不用说了。沐剑声身上如果有本"死亡笔记",谁能保证他没动过写死陈近南的念头?大家都是英雄好汉,但你拥唐,我拥桂,人品事小,正名事大,弄死你没商量。*由此感叹,几百年前空智和范遥那一瞬间的惺惺相惜竟变得如此遥远。

著名思想家以赛亚·伯林在谈及马基雅维利的原创性时认为,马基雅维利重要的贡献是看到了基督教世界之外的异

---

* 在历史上,桂系实对隆武称臣,桂王称帝在隆武之后。隆武败亡不久,郑氏拥桂。拥唐拥桂之争不可能发生在天地会和沐王府之间。

教徒世界的道德，也就是说，这个世界不只存在一种公共价值系统，两种对立的价值系统是可以并存的。一个为祖国慷慨赴死的异教徒，和一个基督教圣徒一样值得尊敬。

伯林论述马基雅维利的问题还涉及政治现实主义，我们暂不展开。只借此发问：在《鹿鼎记》里，是否有人能发现，康熙的政治理想和陈近南的政治理想都是有价值的？一个行仁政的"鞑子皇帝"和一众为民族大义真诚赴死的"反贼"同样值得尊敬？

韦小宝无疑发现了这一点，所以他的"死亡笔记"上，这些正面人物的名字都不会写。要写就写上情敌郑克塽吧。

二、马马虎虎的狐狸

狡猾市侩的韦小宝和天真淳朴的石破天其实很像。后者不通文字，没有拘泥于文意，所以识破了"侠客行"的奥义。韦小宝"年纪幼小，从未读书，甚么满汉之分，国族之仇，向来不放在心上"，正因如此，他也没有被种种政治理念束缚。一些无关政治的朴素的传统美德成为他为人处世的边界和原则：讲义气、重感情、亲近忠义正直之人。

韦小宝的朋友遍布中俄两国、各大政治阵营。有些朋友是逢场作戏，但真正的密友也不少。康熙如兄弟，陈近南如父亲，这不必说。清廷的张勇等人，沐王府的吴立身，甚至吴三桂麾下的杨溢之，都因忠厚义气，成为韦小宝的知交好友。他对他人的评价，不看政治阵营，甚至不看对自己的态度，只看人品。他佩服不拍马屁的"鞑子"总兵赵良栋，也敬佩豪爽正直的神龙教高手无根道人。

在《鹿鼎记》世界里，大家动不动就为政治上头。徐天川和白氏兄弟一上头就动手，直到一死一重伤；陈近南和柳大洪一上头也忍不住吵架吵得脸红脖子粗。归辛树一家老弱病残，从南刺到北，搞得比《刺客列传》还"刺客"。你不让他刺，老头就给你使出五成功力。谁和他也没有私仇，只不过大家政治阵营不同。相形之下，韦小宝只讲义气感情、不讲阵营的处世原则似乎具有更为真实和更为鲜活的道德内容。

但大时代的背景下，鲜活真切的人情只被视为"小情感"，政治理想才是"大节"。讲"小情感"的人往往被讲"大节"的人看不起。胡逸之是重情重义的痴情奇男子，吴六奇却因此瞧不上他。他武艺越高，别人越觉得可惜。当时的直男政治家怕是很难分辨胡逸之和刘一舟之间的根本差别。

韦小宝也并非全然不受政治理想的影响。一来耳濡目染，二来还有爱屋及乌的情感因素，毕竟最亲密的朋友都是政治人物。《鹿鼎记》的最后，韦小宝毫无疑义地认定康熙是勤政爱民的好皇帝，"鸟生鱼汤"四字也不仅仅是马屁。他拒绝刺杀康熙，除了与康熙感情深厚并认为此事于情不容之外，只怕也多多少少觉得于理不合。

天地会"反清复明"的政治理想更深刻地影响了韦小宝。凑齐《四十二章经》中的碎纸片后，这一"政治大杀器"他唯一交给过的人正是陈近南。施琅平台后，"大明天下从此更无寸土"，曾无满汉之分的韦小宝竟怅然若失，忍不住对"贰臣"施琅百般嘲讽。这种复杂的惆怅让"不识愁滋味"的油滑少年有了感人的深度。

他敬重康熙的勤政爱民，同情天地会的"反清复明"，两种并立的政治理想他都抱有好感。为这两种政治理想真诚付出的人，他也抱有好感。但他拒绝出面剿灭天地会，拒绝刺杀康熙，拒绝为两种政治理想作出有效的行动。一方面固然是因为这些行动会伤害"义气"，但更重要的是，他对任何政治理想都缺乏为之赴死的激情。马马虎虎才是他的一贯画风。

他之所以会对不同的政治理想产生同情和敬重，根源还是同情和敬重怀有这些理想的人。建立在私人感情上的爱屋及乌，不可能让他真正去理解康熙夙兴夜寐的不懈于治，也不可能对吴六奇在风雨大江中高歌《沉江》时悲恋故国的愤恨激昂感同身受。

这种对政治理想的疏离，让他能在一个政治上头的时代，以真实的人情义气行事，以古老的道德内容行事，而不是以抽象的政治原则行事。比比白氏兄弟和徐天川，他的这种品质难能可贵。这使他能在一个安全距离内，同时仰望原本非黑即白、非要分个你死我活的不能兼容的政治理想，愿意同时结交为两种理想真诚献身的朋友。按照以赛亚·伯林的说法，多元论者为狐狸，一元论者为刺猬，韦小宝勉勉强强算一只狐狸。

但这种对政治理想的疏离，让他除了阿珂之外，再没有任何肯为之奋斗的人或物。人生在世，除了银子和女人，已没有别的追求。周星驰版电影《鹿鼎记》借陈近南之口说反清复明不过是口号，抢回银子女人才是关键。这句话低估了金庸笔下群雄对政治信念的真诚信仰，但对韦小宝来说，倒也贴切。在韦小宝那里，鲜活而真实的人性填补了政治理想缺失的空白，这之间有讲义气、讲人情的朴素美德，自然也有蝇营狗苟、鸡零狗碎的算计，也有八面玲珑的谄媚和讨好。所以他能在一段时间内飞黄腾达、里外通吃。他不仅是只狐狸，还是只飞天狐狸。正因如此，金庸老爷子才不忘碎碎念提醒大家："韦小宝重视义气，那是好的品德，至于其余的各种行为，千万不要照学。"

三、多元价值终结，飞天狐狸出局

在那个追求美德的信仰时代，马基雅维利提出君主应该野心勃勃，有狮子的残忍和狐狸的狡猾，为建立强大的政治国家而不择手段。伯林重新评价了这些"厚黑"的现实主义政治主张。

伯林认为，马基雅维利不是真的"厚黑"，而是他看到了在强调美德、慈爱、宽恕的基督教道德之外还存在一套不同于此的异教徒的道德。这主要指罗马世界的道德。罗马世界强调的是雄心活力、奋发有为，追求此世的公共成就，并为公共目标奋勇献身。在纷杂乱世，残忍狡猾有时是不得已的手段，唯有此才能建立稳定的国家，达成公共目的，彰显罗马价值。基督教美德在政治上是无效的。用伯林的话说，狮狐之德，君子不齿，但如能保全城邦，那么就是政治人物的必要品德。所以，马基雅维利的"厚黑"学说，你看似是手段，其实是价值，只不过是美德世界之外的另一套价值而已。虎狼手段的背后，蕴含了他打破美德世界一元论、使两种不同价值并存的思想。

马基雅维利对不同的人讲述着不同的故事，伯林的论断在那里并无问题。但这套论断如放在《鹿鼎记》世界，事情就会变得微妙甚至有些吊诡。康熙安插密探以消灭天地会，天地会怂恿韦小宝行刺康熙，大家为了消灭对方不择手段。在一个千年来强调道德的儒家语境里，这种野心勃勃和不择手段在政治上无疑是更有效的，也更符合马基雅维利意义上对一元论的打破。可是，卧榻之侧岂容他人鼾睡？一旦脱离欧洲宗教语境，一个如狮如狐、通过"厚黑"手段建立起此世成就的强大君王，还容得下多样化的价值选择吗？

康熙威权愈盛，韦小宝就越不好混。当康熙不过是吴三桂屏风上的小鸟时，韦小宝尚能"翻覆两家天假手"；当康熙平定三藩、尽驱罗刹时，一道封官诰命便令韦小宝里外不是人，"独客心情故旧疑"。

吴三桂其实是康熙和天地会之间的缓冲地带。他在时，康熙腾不出手剿灭天地会，天地会也会偶尔参加一下"杀龟大会"，不致一门心思反康熙。双方斗争没有白热化，也不至于不择手段。且那时的康熙，虽有虎狼之心，也无虎狼之力，事实上正被众多虎狼觊觎。

政治势力复杂多元，君主的威权则有限。诸种势力的关系盘根错节，在发生冲突之时，彼此间的缓冲、牵绊也会很多。缓冲、牵绊越多，韦小宝这样的人物，便越能浑水摸鱼，生存下去。明清易代之际，各政治势力如过江之鲫，混乱纷杂的大时代给了韦小宝这样的狐狸更多可以藏身的犄角旮旯。

转眼之间，三藩已成往事，郑氏在京城修了宅子，罗刹被赶走，大喇嘛和小王子也安静了。天地会已是康熙眼中最后的钉子。此时的康熙威权大盛，天地会则困兽犹斗。大家都拿出了马基雅维利的手段。

这不仅涉及现实的存亡，更涉及终极的政治理想：你认为我是占你花花江山的强盗，我却看你是阻碍大清平治天下的冥顽不化的反贼。双方都有最充足、最正确的理由消灭彼此，也均要求部下的绝对忠诚：你不仅要忠于上司个人，更要绝对忠于团队的政治理念。这句话翻译给韦小宝听，就是你不仅要和小玄子讲义气，还得忠于"铲除天地会"这一理念；反过来说，是你不仅要念及总舵主的恩义，还要忠于"弄死康熙、反清复明"这一理念。一个野心勃勃、胸怀伟大理想的强大君主和一个为大义而殊死斗争的团队，都不允许部下对异己的政治价值抱有同情。

伯林的世界里，马基雅维利的著作登场之时，是呈现多元价值的伟大思想史时刻。在《鹿鼎记》的世界里，马基雅维利的手段登场之时，却是多元价值的彻底终结。

此种重压下，韦小宝再无藏身之处。遁走云南，鸿飞天外，看似是最潇洒的隐居，其实是最无奈的出局。韦小宝在通吃岛上想掷骰子也找不到对手时，就已经明白，有时坐拥娇妻美妾，也逃脱不了命运的无聊。

在查慎行的诗集里，"身作红云长傍日"出现过两次，一次便如《鹿鼎记》回目中,紧接"心随碧草又迎风",另一次则接"心如白雪渐成灰"。心随碧草是一个多么自在温馨的结局啊,心渐如灰,或许才是傍日之人命运的真实写照。

白头老宝在,闲坐说康熙。我们大概能想象垂暮之年的韦老宝打发无聊的唯一办法就是唾沫星子横飞地向虎头、铜锤等一干儿女诉说当年的壮举:"想当年,五台山下,小玄子——就是康熙老佛爷曾和你老子一起撒过尿!哈,高山流水、横扫千军!你老子还去过罗刹国,和摄政女王'大功告成'了,哼哼,乖乖隆地咚,你们还别不信!……什么?这些居然讲了几十年了?"

金庸笔下失踪的历史与反抗者的乌托邦

在金庸笔下的江湖世界中，"射雕三部曲"和"《碧血剑》—《鹿鼎记》"均是前后情节衔接性很强的故事体系。但在这两部分内容里，各有一段消失的历史。

《倚天屠龙记》中，开篇故事距离襄阳保卫战不过数年，郭襄和张君宝只是十几岁的少女少年，谁知作者一句"花开花落，花落花开"，张君宝的青春期便戛然而止，时间已跳到宋亡五十余年以后，他即将过九十岁生日。

《碧血剑》的故事结束时，正值甲申之变、大明江山鼎革之际。阿九、冯难敌、归辛树、何铁手这些"碧血"人物在《鹿鼎记》中再次登场时，已是二十多年后的清朝康熙年间，朱颜辞镜、英雄老迈，自然是故国与往事均不堪回首。

《倚天屠龙记》中消失的七十多年和"《碧血剑》—《鹿鼎记》"之间消失的二十多年颇为相似，均是汉家王朝倾覆、北方马背民族受图定鼎的重要时间段。

元灭宋与明亡清兴对于江湖而言，同样是天崩地裂的大事件。

这是最坏的时代。

在金庸的设定里，元和清的铁骑烧杀抢掠、格外残暴，所经之处，生灵涂炭。武林中人，以行侠仗义、锄奸除害为己任。江湖和民间的关系在于，前者会在官府权力所不能及的地带里提供一定程度的安全保障，并对"不义"进行矫正，而后者则对此类事迹进行传颂，使江湖侠客的侠义之名口碑载路。但马背民族的铁骑南下，挟所谓"历史必然性"之威席卷天下，江湖群豪再也无力向民间提供安全保障，也无力维系正义。

金庸笔下的江湖和庙堂同样有千丝万缕的联系。侠客的价值观念是士大夫精神世界的延伸。这种价值观混以江湖豪杰粗犷但炽热的民族情绪，使胡汉恩仇、华夷之辨成为武林中的头等大事。可随着天下易主，神州陆沉，铜驼荆棘，旧时江山已尽为禾黍。此类民族情感和正朔观念，在刺眼的阳光下已无寸土可以容身，要么只能在反抗者的内心世界悲壮燃烧，要么只能隐藏在江湖边缘处的犄角旮旯里，默默等待世界度过漫长的历史周期。

这是最无力的时代。

　　临难一死的不仅仅是袖手谈心性的腐儒。哪怕你武功通天、智计无双，也无法扭转已成定局的历史大势。堂吉诃德永远无法战胜风车，郭靖、黄蓉以身殉城是他们注定的结局。

　　小说在这里留白，历史从这里失踪，金庸江湖进入至暗的凛冬。

　　就如最冷的冬天里动物仍有不同的活动，在这段消失的历史里，我们仍然能够通过前后的文本窥知江湖群豪不同的行动选择。选择有三种：归顺、躲避、反抗。

一、货卖帝王家：现存的就是正当的

　　第一种选择是归顺朝廷。

　　马背上的新王朝在武林中一直不乏合作者。即使在《倚天屠龙记》的时代元朝已进入末期，朝廷一方也是高手如云。汝阳王府既有玄冥二老这样武功深不可测的绝顶高手，也有"阿大"这样名门正派的耆宿长老，还有神箭八雄这样有一技之长的专业型人才，可以称得上能人济济。

　　《鹿鼎记》时代朝廷高手的质量虽远逊于当初的元朝，但说起来数量也不算少。吴三桂麾下有金顶门的一众死士，康亲王也招揽了不少抱定"学成文武艺，货卖帝王家"的武林人物，鳌拜的爪牙、康熙的暗探更是遍布江湖。甚至在特定的时刻里，天地会青木堂第一高手也会向清廷投怀送抱，玩一手"无间道"。

更为深层的变化在于，曾在元朝时期以反抗者自居的名门大派已经在形式上认同了朝廷的合法性。贵为天下第一名门正派掌门人的少林方丈公开接受皇帝的敕封，少林群雄也在清凉寺等一系列事件中为朝廷出了大力。这意味着反抗阵营中曾经的中流砥柱，已潜移默化地认可了现实的权力。

当然，不同的武林人物投靠朝廷的目的各不相同，有些热衷名利，有些或有不得已的苦衷，甚至连本来的名字都羞于提起。但这些形形色色的合作背后，除了利益关系，也有把自己行为合理化的道德动机。借《书剑恩仇录》中乾隆的话来说就是"帝皇受命于天，率土之滨，莫非王臣"，有了这个大前提，武林中人"为朝廷出力……将来光宗耀祖、封妻荫子才不辜负了一副好身手"。

这一说辞包含的逻辑是：一个王朝能够定鼎中原，乃是天命所归；恰恰因其天命所归，才能最终定鼎中原。将所谓的"天命所归"展开来说，即该王朝的权力来源和统治都是神圣的、合道德的。也就可以顺理成章地说，江湖人士追随朝廷，自然是顺天应命的选择。

绕来绕去，这无非是想告诉你，现实的就是正当的，实存的就是"应该"的。权力皆是合理的，所有质疑的声音皆是悖逆纲常的。

在这种令人哭笑不得的历史哲学面前，金庸江湖人物的评价，会发生诡异的变化：郭靖、黄蓉是阻挡历史车轮的螳螂侠侣；张无忌、陈近南无非草莽逆贼；玄冥二老热衷名利、风际中卖主求荣反而成了正当神圣的合法之举。

如果凡是属于权力的，就一定是正当的，吴之荣揭发检举违法书籍，又有什么错？民间关于评书曲艺中"窦尔敦和黄天霸谁是反派"的争论，在"帝皇受命于天"这一神圣却诡异的叙事里，有了一锤定音的结论。

二、出海遁地的不合作者

金庸江湖人士的第二种选择是始终不合作。他们或远走高飞，或隐逸山野。

袁承志在无力改变历史大势，心灰意冷之际，便远走南洋，扬威海外。《唐传奇》里的虬髯客、《水浒后传》里的混江龙李俊都有在海外建立基业的事迹。为什么一定要选在遥远的异域？大概因为后来者戏说前代历史，虽免不了逆转些战场上真实的胜负、杜撰些直捣黄龙的桥段，但多半不会颠覆式编造大的历史事实。正史就记录在那里，虬髯客不可能取代唐太宗，梁山好汉坐不了龙庭，袁承志也改变不了天下苍生甲申年里注定的命运。

茫茫海外，遥远的异域，却是利维坦的现实触手所不能及之处。那里的历史飘然于正史之外，是历史哲学"决定"不到的地方。这么看来，袁承志的结局，已是无奈中的万幸，是对历史必然性的一种浪漫逃离。在没有正史的地方，袁承志和他的小伙伴们有足够的时空来自由书写成年人的童话。

四师傅南希仁在临别之际曾赠郭靖一句金玉良言："打不过，逃！"当时代大势无法逆转，远走高飞成为对时代唯一的嘲讽方式。

如果在风景名胜区有一座地下豪宅，就不必远走海外，遁于地下也是不错的选择。"终南山下，活死人墓"是金庸对绝迹江湖的神雕侠侣下落的唯一交代。无力改变现实，心中之火与无用之躯深藏地下，以待来日。无独有偶，《鹿鼎记》时代康熙翻阅的那本黄宗羲新著之书，也是以地火明夷来命名。

可多数人没有远走海外下南洋的船票路费，也没有杨过和小龙女那样机关重重的地下豪宅。天下之大，无处避秦，除了自己的灵台方寸之地，又能躲到哪里去？然而，躲进自己内心的城堡，并非没有风险。

以赛亚·伯林讲述过古希腊罗马时期斯多葛学派的哲人面对无法抵挡的专制权力，无奈退居内在精神世界的故事。

伯林认为，对这些坚持自由的哲人而言，当自己的自由受到外在的阻碍，他们唯有不断缩小对"自由"的认知疆界，才能做到仍然自由。也就是说，他们告诉自己得不到的东西恰恰是自己无所欲求的。被剥夺的自由恰恰不是真实的自由。如此一来，即便身陷囹圄之中，他们也会说身体的自由不是自己真正欲求的自由，唯有内心层面的自由才是真正的自由，而那也是任何强权所不能剥夺的。伯林称这种高尚隐士的哲学为酸葡萄学说：所有得不到的，就说那是我不需要的。

韦小宝为激将他人，曾故意说反话，对佛法有过一番让人啼笑皆非的错解，倒似这番酸葡萄学说的另类延伸："众喇嘛持刀而来，我们不闻不见，不观不识，是为大定；他们举刀欲砍，我们当他刀即是空，空即是刀，是为大智；一刀刀将我们的光头都砍将下来，大家呜呼哀哉，是为大悲。"在韦氏歪解之下，刀是空，脑袋也是空，保不住的脑袋自然不是好脑袋，要它做甚！

这种对外在得失的无所谓，以及对内在精神重要性的过分强调，很容易使一个人丧失对善恶的直观的感受和朴素判断。他似乎看穿了一切，他会认为为虎作伥者如玄冥二老是傻瓜，也同样认为"知其不可为而为之"的郭靖是傻瓜。他笑功名富贵皆是浮云、非我所欲，他笑郭靖西西弗斯般的蠢笨和徒劳。只有他自己才看穿了万事空无的真相。

师侄澄观曾对韦小宝的歪论欢喜赞叹。头脑精明的少林方丈既接受了皇帝敕封的护国禅师，也暗自担任了反清组织锄奸盟河南省盟主。两位高僧虽在脑筋是否灵光方面判若云泥，但行事逻辑或许只是同一枚硬币的正反两面。

三、反抗者的乌托邦

留给江湖群豪的最后一种选择是反抗。但是当统治已成定局，这种反抗注定步履艰难。

反抗事业的宗旨是"奉正朔""辨华夷"。当反抗的事业进行得越艰难，就越需要将"奉正朔""辨华夷"塑造成一种激励人心、整合江湖力量的意识形态，并将其放到至高的位置。

于是"唐王、桂王之间当奉谁为正朔"这种陈芝麻烂谷子的争论就会变得极其重要，重要到一言不合就与同侪队友进行生死决斗。反清事业的八字还没一撇，对正朔的理念分歧已经使同一阵线里的兄弟自相残杀。理念压倒了同伴间的朴素情感。

在意识形态和民族情绪的双重推动下，武林群雄更是将"华夷之辨"等同于"是非之辨""黑白之辨"。这也是凝聚反抗力量最有力的观念武器。就像《鹿鼎记》故事的结尾，天地会兄弟对韦小宝不论迹也不论心，只让他问问自己老子的民族出身。

以"华夷之辨"为价值根基，反抗大业有了至高无上的神圣性。既然目的是神圣的，为了实现这一目的，手段如何变得不再重要。为了反元，明教可以烧毁无辜百姓的民房；只要汉人能当皇帝，就算不学无术的韦小宝称帝也无所谓。"华夷之辨"的叙事具有压倒一切的无比威严，任何拒绝反抗的人都可能被斥责为数典忘祖，都可能会被提醒"为人不可忘了自己祖宗"并被顺带问候祖宗十八代。

吊诡的是，与那些为虎作伥的朝廷归顺者比起来，这些反抗者往往是江湖中人品高尚的侠客。他们心怀侠义，抱着赴死之心以图恢复。他们不认可现实权力的合法性，他们孜孜不倦地追求一个理想的庙堂和江湖。然而，他们却构建了一个可怕的乌托邦。

这个乌托邦要求以华夷之不同来区分善恶、辨别是非，要求所有人整齐划一地表态反抗，并以反抗为唯一目的，且这一目的的重要性压倒一切。为了这一目的，所有个体都是可以被牺牲的，所有朴素的江湖道义原则都是可以被无视的。这个基于理想之上的乌托邦，恰恰遗忘了江湖中人真正的侠义理想：锄奸扶弱，救助每个需要被帮助的个体，向往每个个体都得到公平正义的待遇。

金庸江湖的反抗者在绝望的历史里悲壮反抗，这种悲壮反抗却让历史更加绝望。

在黄宗羲、顾炎武等大儒力劝韦小宝称帝的那一刻，在他们眼里，政治的全部目的已然只是"反清"，全然忘记了恢复河山之后真正的善治才是目的之后的目的。任何宏大叙事只是在为"历史必然性"添砖加瓦，只有关照每一个平凡个体的命运，才是走出这段消失历史的唯一曙光。

九难目睹死尸骸骼，曾感慨："若要复国，不知又将杀伤多少人命，堆下多少白骨，到底该是不该？"面对每个具体生命的悲惨遭遇，她不掩饰自己的悲悯与共情。但面对政治判断中的道德困境，她又显得犹犹豫豫，左右为难。然而，此刻这位婆婆妈妈的神尼却远比那些行事果断的天地会英雄更接近江湖侠义的本来面目。

帮派

帮帮有本难念的经

"猎巫"战争与武林道义

　　金庸世界里，名门正派中人过招，须遵武德。对前辈要让上半招，给老同志留足面子，还不能让外人看出来。也不可让年轻人输得太难看，以免挫伤其进取之心。大家要有分寸，点到即止，像学术会议发言一样，你好我好大家好，气氛和谐最重要。

　　即使实打实的流血冲突、门派战争，仍有一大堆繁文缛节和江湖道义约束着战争的方式和规模。能谈，尽量不打。能文斗，尽量不乱斗。能正大光明地打，尽量不搞阴谋暗算。打起来了也不能伤及无辜和妇孺，毕竟有舆论在。龙门镖局的事让少林深恨武当，可也不愿直接开火；谈不拢要动手，也得商定好规则，将争斗约束成擂台赛一般的文斗。

　　但是，有两种动手，无须遵循这些原则。第一种是江湖群豪投身真实战争，这不属于武林事务的范畴，自然不必守武林道义。第二种是名门正派对付邪魔外道，这往往也不讲什么武德。

一、猎巫与除魔

名门正派对付邪魔外道的战争，与中世纪的猎巫运动非常相似。

名门正派自诩"武林正统"，多以行侠仗义、锄强扶弱等传统道德为开宗立派的价值基石，而邪魔外道则是不受此约束的"异端"。正派行的是"王道"，魔教行的是"霸道"。强调"正邪之判"，实质上是维护武林正统。

正派的行事原则很多，如特别强调"光明磊落"：不玩阴谋诡计、不搞暗算偷袭、不乘人之危、不用大规模杀伤性武器等，要用就用"堂堂之阵，正正之旗"。

"是否光明磊落"还是区别正派与魔教的重要原则：在正派中人的想象中，邪魔外道都是阴暗的、不按规则行事的，躲在黑暗角落里以阴暗手段暗算害人的。这和中世纪人们对女巫在暗夜丛林洞穴中施行魔法的想象非常类似。除了明教因宗教原因刻意崇尚"光明"外，黑暗似乎是邪魔外道抹不去的颜色：黑木崖、黑风双煞、山东黑风会……甚至个别影视作品还会把日月神教总坛放在黑漆漆的洞穴里。既然都是洞穴，任我行何苦越狱。

消灭邪魔外道还是关系武林生死存亡的头等大事。中世纪猎巫，除了消除异端的考虑外，还有出于自身安危的考虑。历史学家罗纳德·赫顿曾指出，人们普遍认为巫师具有一种非物理的离奇伤害手段，使人防不胜防。左道人士的旁门功夫令正派深感头疼，大家担忧青翼蝠王的暗算偷袭，害怕五毒教防不胜防的使毒本领，更畏惧化功大法、吸星大法这种不守游戏规则的邪门玩法。再加上魔教手段残忍，野心又大，动不动就想一统江湖，成为坐寇，真是令人不寒而栗。

在江湖一般想象中，邪魔外道是如此凶残卑鄙，无底线且不遵循规则，无怪乎名门正派的师长要教育弟子：见到魔教中人要"疾恶如仇，格杀无赦"。即使是自己人，一旦有背叛侠义事业的苗头，武林前辈也号召大家"即行合力击杀，不得有误。下毒行刺，均无不可，下手者有功无罪"。

黄药师、谢烟客这类并无恶迹、性格孤僻的异士也被视为邪魔外道。在罗纳德·赫顿的研究中，普遍不合群也是巫师的特征之一。黄药师离群索居，不参加武林会议，不加入江湖共同体，便会背负邪魔之名。这也涉及名门正派厌恶邪魔外道的另一层原因：他们的不合群破坏了武林共同体的向心力，具有反社会性。为武林共同体的长久维系计，这类人物必须被远离或被清除。到"神雕"时代，群豪对黄药师已

无恶感，不是标准变了，而是黄药师不知不觉被改造成了为
襄阳大宋官兵排兵布阵、老有所为的爱国技术人才。他的玉
箫里再也吹不出神秘莫测的"碧海潮生曲"，只能吹出"最
美莫过夕阳红"。

所以说，在名门正派人士看来，猎巫除魔，就是在保护
自己、保护武林。都到了这个高度了，还需要讲道义吗？

二、不正义的正义战争

道义还是要讲的。迈克尔·沃尔泽等研究战争伦理的思
想家都倾向于将战争正义区分为开战正义、交战正义、战后
正义。

开战正义是指是否有正当的开战理由。按照沃尔泽的理
论，交战目的本身必须正义。假设你为侵夺《葵花宝典》和
魔教开战，即使客观上为江湖除了大害，也不能说你是正义。
交战正义是说打起来应该少杀慎杀，不滥杀无辜，交战应采
用正面手段，除非有极正当的理由且万不得已，否则不应该
伤及平民等。至于战后正义，则涉及善后问题，主要是维持
战后秩序、审判战争罪犯等。

揉碎名门正派对魔教的战争环节，是看得到道义成分的。
他们非常强调开战正义。这是弘扬江湖正义、消除武林异端、

维系共同体秩序、保护每个人生存权利的生死之战……一串
冠冕堂皇的理由掷地有声，似乎不战就愧对天地良心了。这
些理由都有或真或假的鲜活案例做支撑：日月神教嗜血成性、
明教滥杀无辜、乔峰弑父母弑恩师……假定这些信息为真，
名门正派围剿魔教具有充足的正当性，简直是吊民伐罪的正
义之师。光明顶周边的人民群众没有箪食壶浆以迎王师只能
说明觉悟还不够。

　　但在交战中，道义的天平却发生了动摇。正派人士可不
怎么讲交战正义。按照战争伦理研究者的看法，开战正义的
一方往往出于道德义愤而采用过激的手段，从而导致交战的
不正义。灭绝师太在大战锐金旗一役中，便是如此。削甘蔗
一般滥斩放弃抵抗者的手臂，近乎歇斯底里地泄愤，已大大
超出交战时使用武力的必要限度，违反了交战正义中少杀慎
杀的原则。但灭绝师太自有一套能够自洽的道德说理："妖魔
邪徒，我是要灭之绝之，决不留情。"在灭绝师太看来，对
妖魔邪徒的开战理由是正义到爆表的，那么交战过程中，手
段残酷自然毫无道德瑕疵。

　　同理，名门正派人士使用阴谋诡计、机关陷阱也不再有
心理障碍。打不过萧峰，那就攻击萧峰身边那位手无缚鸡之
力且尚在病中的阿朱。打不过魔教十长老，那就请君入瓮，
困入山腹，骂去吧，华山环保又隔音。名门正派人士区别邪

魔外道的重要标准之一是行事光明磊落，这下情势发生了逆转，反倒是邪魔外道要指责正派人士："五岳剑派，无耻下流，比武不胜，暗算害人。"

这种逻辑推到极致就是，不仅可以不择手段对付魔教，还可以不择手段对付一切和魔教相关联的无辜亲属，甚至无所谓老弱妇孺。嵩山派杀刘正风的儿孙弟子，犹如砍瓜切菜，在座群雄只有定逸师太敢对上一掌。并非"更无一个是男儿"，而是群雄无法共情一切和邪魔外道相关的人员。

在丹尼尔·希罗等人的研究中，族群灭绝的故事里，屠杀者杀人，不是因为这个人有错，而是因为他属于特定的族群。他们将各式各样的人视作单一的目标物，即把他人简化成了"本质"。名门正派在看待邪魔外道时，试图以几个关键词抓住这个群体的"本质"：卑鄙、邪恶、残忍。这一群体的复杂面相和鲜活的个性被统统简化为一副嗜血的脸谱。不管是疯狂复仇滥杀无辜的谢逊、铁骨铮铮的吴劲草，还是潇洒不羁的向问天，都被装上了青面獠牙的"本质"面具。你根本分不清灭绝师太在恨谁，戴这类面具的她全恨。

希罗等人认为，族群灭绝者也有出于防止对手"自我再生"的考量。这也就是名门正派人士喜欢说的"除恶务尽"。在正派人士的想象中，魔教人物都具有超强的蛊惑人心的手段，他们无孔不入、无缝不钻，像超强的病毒，随时能把正派中人策反。这种想象有时与性别偏见捆绑在一起，所以他们对身在名门正派之外的女性怀有更深的成见。从黄蓉到殷素素、赵敏，再到任盈盈、温青青，无不饱受"妖女"、美色诱人、祸害有为男青年这样的污名。正派人士不仅仅担心邪魔外道会害人，更担心他们会像病毒一样腐蚀"正义的"队伍。这也和古代的猎巫很相似，赫顿说人们畏惧巫师如畏惧疫病，正是担心邪恶可以传染。

既然魔教如病毒，涉"魔"者都是潜在的感染者，有很大概率成为邪魔外道。名门正派人士似乎陷入了一种被污染的恐慌，一定要把潜在病毒彻底消灭、斩草除根。

可一些名门正派中人是被魔教蛊惑的，如被邪魔附体，也很无辜，他们是不是也应该在"除恶务尽"的框架中被铲除呢？赫顿说在猎巫者看来，被邪魔附身而成为巫师的人，尽管是无辜的，却也证明了这个人意志薄弱。此人可以不为具体行为负责，但要为变成这种被附体的状态负责。换句话说，你张翠山、刘正风被妖人蛊惑，虽有可怜之处，但也说明你立场不坚定，抗腐蚀程度远远不够。在名门正派人士看来，解决办法很简单：要么你和邪魔外道一刀两断，要么就把你一刀两断。是选"治病救人"还是选"除恶务尽"，就看你有没有强大的精神动力来摆脱这种被蛊惑的状态了。

所以，嵩山派残杀刘正风的儿孙和徒众，神人共愤，但在正派人士自以为是的猎巫框架中，这却是必然结果。

三、以"侠义"二字黥面

美国学者克劳斯·P.费舍尔将纳粹德国对犹太人的恐惧喻为一种强迫症，这种强迫症与中世纪人们对女巫的恐惧类似。在信仰的狂热和危险性幻想中，纳粹分子及其支持者形成了一种猎巫的"集体妄想"，开始对犹太人进行大规模杀戮。

正派中人因对邪魔外道的厌恨，也深陷强迫症困扰之中。一方面是对"正邪之判"的强烈坚持，人们总是和左道人士不自觉地划清界限，仿佛在躲避不洁之物。另一方面则是危险性幻想，陶红英聊到被她杀死的假宫女时，心神不宁，臆想神龙教主无处不在、时刻窥伺自己，并反复向与谈者确认当时的细节、寻求安慰。

就如开战正义给战时不正义提供了理由，对正义的狂热信仰和对恐惧的妄想最终为不道义的杀戮提供了道义的理由。

这种情况同样伤害了名门正派中每个具体的普通人。丹尼尔·希罗说杀戮是将他人简化为"本质"的表现。但这何尝不是将自己人简化为"本质"的表现呢？你是名门正派人士，你的本质就是判别正邪，铲除邪魔。你不可以和田伯光惺惺相惜，不可以在五霸岗上和奇人异士交朋友，更不可以在灭绝师太砍人胳膊时有丝毫不忍心。因为你是名门正派的一分子，你喜好结交英雄的天性、你对杀戮发自内心的厌恶，统统都要被涂改成"嫉恶如仇"四字，并把这一侠义标签黥面一般刺在脸上。

以道义之名展开的无差别杀戮，在将对手简化成了符号的同时，也将自己简化成了符号。因此，作为符号的你，没有"不杀坏人"的自由。关于什么是"坏人"、怎么判别"坏人"的说明书，早已写好，你只管默默执行就好了。

除非你处在权力结构的顶峰，才能从这种"被简化"中幸免。洪七公在华山之巅拍着胸脯说自己平生未曾错杀一人，看似展示正直无私，实则隐含着一种"凡尔赛文学"式的炫耀：自己实现了"不乱杀人"的自由。张无忌试图调停六大门派和明教的冲突，旁人笑他当自己"是武当派张真人么"，在江湖的一般认知里，只有武当少林掌门这样级别的人物才享有调停正邪冲突的资格。权力顶峰的江湖人物在高喊侠义口号的同时，也有实力在背地里另玩一套把戏：左冷禅不许刘正风和魔教长老探讨艺术，自己却阴养邪魔外道高手充当死士。用定闲的话说，是"收罗了许多左道（异士）……和同道中人为难"。

正邪之判加剧了江湖中权力结构的不平等，顶级帮派的帮主、掌门可以跳出这个约束凭自己的良知抑或私利行事，甚至可以利用这一理念作为铲除异己或聚集人气的口号。大帮派的普通弟子和中小帮派成员只能戴着沉重的道义枷锁，把自己变成疾恶如仇的杀人工具。

四、正邪逆转与狼性法则的盛行

这种杀戮对"道义"本身造成的伤害最为严重。

狂热信仰正义造成了不正义的杀戮，其后果就是在金庸的世界中，名门正派渐渐和虚伪画上了等号。最强调光明磊落、江湖武德的群体成了阴暗、算计的代名词，而邪魔外道、江湖恶汉却获得了另外一种评价：残暴却坦率，邪恶却真诚。

作为边缘群体的邪魔外道渐渐成了可以共情的对象。在名门正派伪君子的衬托下，戕害无数女性的田伯光、残杀不少无辜的谢逊顿时成了光彩照人的好汉。在林平之口中，直接害死他父母的余沧海、木高峰竟比岳不群高尚："（余、木）害死我父亲母亲，虽然凶狠毒辣，也不失为江湖上恶汉光明磊落的行径……哪像……岳不群，却以卑鄙奸猾的手段，来谋取我家的剑谱。"

阴谋暗算，便坦诚地阴谋暗算，决不用仁义道德来遮掩。光明正大和阴谋暗算发生了最具悖论色彩的意义反转：自诩光明的人因虚伪而不再光明；暗算者因坦诚而不再阴暗。

这种想法最终影响了真正的正派人——这个词不等于名门正派人士。风清扬在和令狐冲探讨面对正人君子该不该使用卑鄙手段时说出了一句带有气味的名言："大丈夫行事，爱怎样便怎样，行云流水，任意所至，甚么武林规矩，门派教条，全都是放他妈的狗臭屁。"这次探讨标志着武林中一切神圣的东西都被亵渎了。在他们看来，道义原则只是束缚自由本性的虚伪枷锁，根本无需遵守。打破这种枷锁，才是大丈夫所为。自此，占据制高点的，不再是名门正派的"遵循规则"的侠义道德，而是"打破规则"的邪魔外道式的江湖亚文化和非主流道德。

但是，金庸世界的邪魔外道，和中世纪的巫师以及纳粹德国时代的犹太人有一个本质的区别。那就是巫师和犹太人的恶，纯粹是被妄想出来的；金庸世界的一些邪魔外道，确确实实具有残酷和嗜血的反文明本性。以赛亚·伯林为了批评启蒙运动带来的一元论风险并阐释他的多元论思想，刻意去发掘一些反启蒙思想家、"异端"思想家的不为人知的思想价值，马克·里拉批评他是狼羊混淆，无视了狼与羊之间的区别。一些反启蒙思想家的思想实质归根到底是狼，对现代文明充满了敌意。

名门正派以正义理由对魔教进行了不正义的杀戮，可这

"正义"与"不正义"间的裂痕却使名门正派信誉扫地，被冠以虚伪之名。随着"名门正派"四字蒙羞，名门正派所代言的凝结着道义原则的"武林规矩"同样遭殃。风清扬和令狐冲都想踩上一脚，鄙夷如狗屁，"唾弃如粪丸"。

巨大的道德真空地带使得魔教的道德观渐渐成为金庸世界光明磊落的主角，狼性法则呼之欲出。赫顿指出，在西方文化中狼被视为"自然界中巨大的威胁"、魔鬼的伪装；东方文化中，狼也是残暴、贪婪的代名词。然而，从萧峰胸口刺狼、学狼长嗥，到古龙世界的萧十一郎几乎就是一只不被主流世界理解的荒野孤狼，马克·里拉意义上的狼正在江湖中获得了越来越被共情的正面位置。当"狼"成为褒义词盛行于江湖，并走上庙堂，伪君子并没有成为真君子，而是变成了流氓。

风清扬也许不知道，造成他一生悲剧的根源，不是狗臭屁的武林规矩，而恰恰是对手没有遵守武林规矩。

被制造的江湖政治女性

一、两种政治女性

不少人认为，金庸笔下的政治女性，都不可爱，甚至变态。殷素素、赵敏统御群豪时，分明是变诈百出、手段残忍的女魔头；苏荃说句"倦得很"便要一名五龙使血溅当场，滥杀老兄弟的传统"妖后"形象令人印象深刻，她甚至连姓氏都和妲己一样；周芷若在汉水舟中曾给少年无忌喂饭的纤纤春葱指，转瞬间便黑化成九阴白骨爪，天下英雄的鲜血还在滴答、滴答……她们杀伐决断、行事果敢，具备乱世雄主的全部素养；同时心狠手黑，对自己同伙从不念什么袍泽之情，该下手就下死手，活脱脱宫斗戏里的阴鸷枭雄。

连此类配角女性也让人生厌。如日月神教的桑三娘，遇任我行自知不敌，为保命而投诚，也无可厚非。但马上以残害同侪为荣，在新主人面前抖擞精神，卖弄手段，就让人恶心了。

金庸江湖的政治女性，真的都让人生厌吗？并非如此。

因为这种看法，仅仅是对"政治"做了狭义的、庸俗化的理解，只是把政治理解成"权力的斗争与支配"。那么，在这个过程中大放异彩的女性，自然都不是省油的灯。但如果我们拓宽对政治的理解，从公共事务、"众人之事"的角度重新思考政治的含义，就会发现，金庸笔下有不少政治女性可爱可敬，甚至可歌可泣。

首先是黄蓉，她把丐帮搞得有声有色。几次会盟群雄，"不以兵车"，带着"一匡天下"的理想，确定了众帮派团结抗元的基本江湖格局。她少女时代还有点"妖女"的意味，年龄越长则越"伟光正"。人到中年，除了智商仍然在线，说话行事，判若两人。还有郭襄。她开创的峨嵋派成为六大门派之一，是江湖上举足轻重的政治力量，她也并未成为长袖善舞的宫斗高手。霍青桐正直坚毅，能运筹帷幄、决胜沙场，指挥族人重挫兆惠大军，也是一位可敬的政治女性。更让人难忘的是恒山三定。三位老太太本着良善的天性行事，在政治上可谓"无为"。但她们的"无为"成为野心家"有为"的最大障碍。她们均身死人手，或许算不得合格的政治人物；

但她们一生所谋者，是一众女弟子乃至江湖的公共福祉，她们又是最了不起的政治人物。

同是政治女性，为何差别如此之大？是前一组女性天性凉薄、生来残忍吗？似乎不是。殷素素、赵敏成为"自己人"后，皆改过从善、重情重义；苏荃摇身一变，成为温柔侍夫、持家有道的贤妻。在领受万安寺灭绝老尼遗命之前，周芷若也是个生性聪明却心思单纯的姑娘，她连看到张无忌微微点头，都能开心得"满脸喜色，神采飞扬"，对这样的少女，我们怎忍心说她天性不好？

问题出在哪里？也许和她们所在的帮派（教门）有关。

二、不同的政治文化

除周芷若外，第一组女性所处的帮派（教门），都很特殊。

神龙教是一种什么权力格局？它没有权力格局，只有三个字：洪教主。天鹰教、日月神教、汝阳王府武士集团莫不如此。

在丐帮，中层干部全冠清可以质疑帮主履历，杏子林大会大家能唇枪舌剑"商略平生义"，退休老干部徐长老还颤颤巍巍地发挥余热，以"祖训"的肉身的形式出现。但是在神龙教，你质疑一下洪教主试试？不要说质疑了，在山呼海啸般"仙福永享、寿与天齐"的呼声中，哪个敢不张嘴？

　　丐帮和神龙教这两类帮派有很多不同。

　　丐帮有很强的公共性，神龙教则是教主的私产。丐帮所要面对的是武林福祉、国家存亡等公共议题，有时关涉重大，帮主和决策层均不便专断，往往要召开大会商议。参会者不限于帮内人士，主办方往往要邀请各路英雄，会议名称更是常以"天下英雄"为前缀，满满的国际范儿。这彰显的是天下为公、丐帮为公。帮主当然权力很大，地位尊崇，但他始终离不了众位长老的帮衬，也离不开公共议题的环绕。

　　神龙教也开大会，但主题始终是"仙福永享、寿与天齐"。核心议题大概就是论证为何服用豹胎易筋丸是教主恩情的体现。神龙教的所有大略方针，都是私人意志的呈现。《鹿鼎记》中洪教主要巴结罗刹，你只能备好东珠、貂皮、人参去向罗刹总督行贿。你不可能在一个更高的规范意义上质疑教主的意图。你对教主的不满，也是不可能以公共议题的方式出现在大家的视野里的。唯一的一种异议表达，只能是许雪亭式的鱼死网破。教主震怒，神龙岛地动山摇、老兄弟战战惶惶；教主微笑，辽东海域阳光和煦、神龙教众均松口气。"你若安好，便是晴天"，这句小清新网络流行语原来可以用来形容洪安通。

　　这决定了两类帮派对待"自己人"的方式截然不同。

在丐帮，无论帮主还是弟子，虽有尊卑之别，但大家同是公共事业的参与者，是"兄弟"，都需通过公共生活呈现自己。广场、大会、长老、帮主权杖（打狗棒），这些符号具有浓郁的罗马气息。帮主威权再盛，也不过是元首制时的"第一公民"。戴克里先终结了元首制，实行了"多米那特制"（Dominate），他是君上，是主人。神龙教的制度就像一种强化了的多米那特制。洪教主是高高在上的主宰，地位再高的老兄弟也不过是教主的奴仆。孟德斯鸠在《论法的精神》里描述奥斯曼帝国等古代东方政体时指出：恐惧成为政体的原则和支撑政体运行的动力。洪教主也是依靠严苛的教规、残酷的手段使教中群雄时刻生活在极度的惊惧之中。五龙使以下，人人都可能立遭不测之祸，生不如死。陆高轩的陆氏升天丸成为紧俏产品，有其必然性。

此外，丐帮乃至多数江湖帮派，都强调历史传承。它们的合法性，类似于韦伯所谓的"传统型"。世代传承、祖师遗训都有神圣色彩；正邪之辨、民族大义，是自古以来的立帮之基，绝难改弦更张。结交外道是名门正派的大忌，所以令狐冲贵为恒山掌门，也不免因朋友圈问题引起物议。宋辽对峙时，乔峰威望再高，也难以继续坐帮主的位子。

反观神龙教、日月神教根本无所谓什么传统。在教众看来，"日月神教创教数百年，自古至今便是东方不败当教主一般"。教主本人完全取代了传统的地位，甚至消解了传承的意义。他们有绝对的权力和自由。任盈盈登上教主宝座之后，要嫁给令狐冲，大家除了乖乖交份子钱，谁敢质疑她"结交匪人"、嫁给敌对势力？陆高轩伪造石碑文字，说唐朝时上天便预示千载后洪教主的功业，这样写虽是不得已而为之，却也隐喻了神龙教语境中的政治理解：洪安通是超迈真实历史而存在的。从这个意义上讲，神龙教、日月神教的合法性与韦伯所谓的"克里斯玛型"也有几分类似：团队大哥的个人魅力压倒一切。

　　但是，这两种不同的帮派（教门）为什么能够形塑不同的政治女性呢？

三、没有公共舞台的世界

　　在丐帮中，个人的威信和业绩是要通过公共事务来呈现的。黄蓉虽是洪七公选定的接班人，但也要在公开的大会上表现自己的实力，建立威信，使众长老、弟子不敢小觑。此后，她屡建奇功，才使全帮上下服膺。天地会作为低配版的丐帮，与此类似。如青木堂大佬关安基的妻子"十足真金"贾金刀，大家提及此人，总爱拿她的金刀开玩笑，却并不刻意强调她是关某的太太。因为她最引人瞩目的正是她的金刀。

她武功未必高明，但她以自己的兵刃——而非作为大佬太太的身份——呈现在青木堂的公众视野中，一定程度上说明她是以一个相对独立的女性形象在公共领域出现的，而不是男性的附庸。

苏荃的地位比贾金刀高得多，但她在神龙教中的身份始终是洪"夫人"。殷素素被称为"大小姐"，赵敏被称为"郡主"。她们权势再大，别人对她们的称谓，也始终带有教主或王爷家庭成员的明确烙印。她们的权势事实上是其男性家庭成员权力的延展。这不是她们自己无能，而是神龙教、天鹰教、汝阳王武士集团这些团队缺少能够充分呈现个体能力的公共维度。因此，人人皆处于一种公共失语的状态。既然无法建立公共威望，权力的获取就只能依靠宠信。

然而这种宠信又是极度危险的。因为群雄真正折服的，不是你本人。他们不过是对你的父兄、丈夫心怀畏惧。赵敏曾冒充花儿不赤将军的女儿，恰逢花儿不赤将军死于兵变，蒙古大兵立刻对她无礼，甚至要将她当场砍死。

中西传统社会，皆有"男主外，女主内"或"公共的男人，私人的女人"的偏见，当女性可以通过公共生活充分呈现、表达时，这种刻板印象是可以随之改变的。黄蓉便是如此。但在公共维度缺失的环境中，人们对女性既有的刻板印象会更深，她们所受到的不平等的非议也会更多。像孟德斯鸠不

止一次提到，在此类国家，女性与阉奴地位类似，男性奴役
妇女，宛如君主奴役臣民。

　　一方面是众人对女性不具备公共政治能力的偏见，另一
方面是女性依靠父亲、丈夫的私人宠信关系占据了团队内的
高位。这使团队中高层成员对这些获得巨大权势的女性充满
不信任，甚至还会猜忌、仇恨。神龙教老兄弟的表现尤其明显。

　　苏荃这些政治女性，由于与团队中高层成员高度不互信，
事实上处于孤立与危险的境地。一方面，她们急于建立威信，
但公共维度的缺失，使她们无法在公共领域建立勋业赢得公
共尊重，只能靠教派的根本运行原则——恐怖手段使群雄
生畏，并因畏而生敬。另一方面，由于极度的不互信，她
们也急于翦除或驯服勋旧势力，恩威不测的恐怖手段无疑
最易速成。

　　孟德斯鸠说，类似政体的权力变更，往往伴随着血流成
河。没有足够的空间就重大议题进行公共讨论，没有可遵循
的传统或法定规则，权力变更必然导致你死我活。许雪亭们
深知这一点，苏荃们更是深知这一点。所以，树立威望、建
立班底、驯服异己、翦除敌人才变得那么迫切。恐怖手段成
为底色，权谋、狡诈、残酷、决断……种种可以上地摊图书
和宫斗戏的关键词统统涌现，荃姐姐正式化身洪夫人。

四、峨嵋派的故事

我们一直没有提到峨嵋派和周芷若。

峨嵋派权力结构不同于神龙教,可周芷若还是"黑化"了,与洪夫人并没有太大区别。其实,她"黑化"的过程,正是峨嵋派政体衰败的过程。

峨嵋派这类门派,它讲传承,重祖训,强调规则,不同于神龙教;但它依靠私人世界的情感关系,即师徒关系来维系,并带有君师合一的色彩,所以它的公共性严重不足,因此它也不同于丐帮。整体来说,它比较取决于门派的整体文化风气和掌门人的个人素质,所以五岳剑派定闲治下的恒山派政治氛围比较轻松,而左冷禅治下的嵩山派则侵略性很强,颇似日月神教。灭绝师太生性严苛,喜好专断,她执掌门户多年,说一不二,峨嵋派已深深烙上了她的印记,根植了一种压抑与屈从的政治文化。

灭绝师太改变了峨嵋派的文化气氛,但并未根本上改变峨嵋派的基本格局。但在权力交替时,出现了一些意外。首先是灭绝师太暴毙,老人家无法为后继者铺路,帮助后继者建立威信。其次是新掌门周芷若武艺低微,年纪太轻,资历太浅,德不配位,不能服众。另外,周芷若是灭绝师太私生女的谣言到处流传,在峨嵋众弟子看来,周芷若被选为继承人，不是公正的选拔，而是老掌门以公谋私、使本派进一步私人化的体现。于是这才有了废园凉亭中丁敏君的发难。

周芷若与苏荃所处的困境类似：一方面在门派中被严重孤立，无法与众人形成互信；另一方面极难通过正常渠道建立公共威信，但立威的需求却又最为迫切。她处在严重的合法性焦虑中。以阴险手段巧取刀剑、速成武艺，是她建立威信的第一步。整肃帮派，让丁敏君从此不在小说中出现，并让众弟子无不凛然听命，是她的第二步。改变整个峨嵋派的名门正派的政治文化和行事规则，以残忍手段和恐怖大杀器在英雄大会上杀人立威，增强"派际竞争力"，正是她的第三步。

但做这一切，对一个"柔和温婉"的少女来说，不是没有心理障碍。灭绝师太万安寺临终前的那一番长谈，在给周芷若施加了可怕的心理压力的同时，也为她的"不择手段"扫清了所有道德层面的障碍。灭绝师太要让周芷若穷一生之力帮她实现两大夙愿："逐走鞑子，光复汉家河山"与"峨嵋派武功领袖群伦"。为此，对敌人"美色相诱"，亦无不可。灭绝师太一旦打开这道缝隙，目的合理性这个潘多拉魔盒的盖子便再也合不上了。周芷若所有"不道德"的手段均可以说是为了实现这两大神圣目标，并以此找到"道德"的依据。同时，她也能在恩师的遗训中找到让自己心安的理由。目的证明了手段的合理，汉水舟中的温婉少女变成了令人不寒而栗的大派掌门。

门派政体衰败的恶之花，经灭绝师太培土，周芷若播种，最终开花结果。在天下英雄面前，力挫丐帮、武当，以霹雳雷火弹和九阴白骨爪令群雄生畏，周芷若使峨嵋派的武林地位达到了建派以来从未有过的高度，但也如夏胄所说："峨嵋派自此将为天下英雄所不齿。"

神龙教和日月神教都隐藏着一个政体衰败的故事。五龙使等老兄弟总追忆早年和洪教主草创神龙教时的峥嵘岁月。任我行曾"与教下部属兄弟相称，相见时只是抱拳拱手而已"，后来认为"无威不足以服众"，于是保留跪礼。黄宗羲在《明夷待访录》中曾说："古者君之待臣也，臣拜，君必答拜。秦、汉以后，废而不讲，然丞相进，天子御座为起，在舆为下。宰相既罢，天子更无与为礼者矣。"过程何其类似。

江湖中最爱称"兄弟"，这个词虽然没有体现女性的地位，但它寓示着理想的江湖应该是一个友爱的共同体。平等的友爱关系，才有足够的空间让女性充分呈现自己，改变刻板印象。可"兄弟"这个词强调平等，太不过瘾；大丈夫在世，唯有"中兴圣教，泽被苍生"，"仙福永享，寿与天齐"，才有点意思。于是，政治的含义从公共世界中坍缩，成为尔

虞我诈的代名词；金庸世界的政治女性，再也没有黄蓉"獒
口夺杖"时的丰姿神采。避开政治、相夫教子，竟成为苏荃
们独善其身的唯一无奈选择。

解剖丐帮

一台战时机器的进化与停转

一、帮主以下，盖无风采

　　金庸笔下的丐帮与历史上真实丐帮的差别，就是淘宝卖家秀与买家秀的差别。前者很理想，后者很现实。历史上的乞丐一旦结为帮派和行会，便可能与坑蒙拐骗、盗窃勒索有关，其帮众也并非都是因贫弱致乞，偷惰失业、游手好闲者占了相当一部分。一些乞丐甚至会成为影响治安的不稳定因素，引起人们不安。反映世情的小说《喻世明言》中说："世间有四种人惹他不得，引起了头，再不好绝他。是那四种？游方僧道、乞丐、闲汉、牙婆。"清代一些史料甚至认定某些地域的花子会"俱系各处无赖之徒，成群结党"。

　　但在金庸笔下，丐帮是伟光正的天下第一大帮，帮主多是武艺高强、义薄云天的盖世英雄，其数十万帮中弟子几乎个个慷慨好义、疾恶如仇。这伙人小到"行侠仗义、济人困厄"，大到"为国为民、奋不顾身"，就差拯救地球了，简直是人数比复仇者联盟多了数万倍的古代超级英雄天团。

金庸的这一写法引起过不少批评，论者认为把贫无立锥之地的乞丐写成心忧天下的无双国士太过荒唐，既无视了理想追求的现实基础，又低估了生存性需求的重要性。你很难想象一个天天吃了上顿没下顿的拾荒者会时刻关心世界局势和全球治理问题。

一种为金庸辩护的思路是，金庸笔下的群丐是象征性的文学符号，集中隐喻了"身无半亩，心忧天下"的士大夫理想形象，毕竟"无恒产而有恒心者，惟士为能"。它表达了这样一种想象：道德思考和精神关怀是可以超越自己所处的现实环境的。贫富程度无关精神境界，就如在康德的理解中，知识水平不等同于道德水平。君子虽栖衡门、居陋室，一样可以为天下远谋。金庸笔下的丐帮弟子，是一群背着口袋、拎着打狗棒的士大夫。

既然金庸笔下的群丐，既隐喻了君子的境界，还浓缩了士人的精神，那么多高级的好词儿都烩在一锅，统统装在了他们的讨饭口袋里，这伙人一定个个都是风采过人、神气豪上的真名士、大英雄吧？答案却是否定的。

丐帮几大著名帮主确实极具个人风采：乔峰雄爽慷慨，

洪七公诙谐豪迈，黄蓉更是古灵精怪、机智过人。但除了丐帮帮主之外，其他丐帮的诸长老、弟子，基本上都是形象模糊、千人一面、性格单一，毫无任何风采可言。在《天龙八部》《射雕英雄传》中，我们还隐约记得几大长老的姓氏；但是到《倚天屠龙记》中，丐帮传功、执法长老，掌棒、掌钵龙头这些厉害角色居然连名字都没有，金庸大概也是懒得起了。如果拍摄电视剧，这些人全部找同一个群众演员扮演，估计都不会有什么违和感。稍微有几个让人记得住的，也都是射雕彭长老、倚天陈友谅、天龙全冠清等坏得"出类拔萃"的恶人。

正所谓帮主以下，盖无风采。千人一面，反派除外。

造成这种情况的原因究竟是什么呢？

二、高效的丐帮机器

虽然我们很难记住丐帮弟子的个体形象，但对于丐帮弟子的普遍形象，我们却能达成共识：直爽豪迈、疾恶如仇、性格暴烈、颇爱饮酒，还有一般智商不高。

个体形象不突出，是作者笔力不够时作品中常出现的毛病。但金庸并非如此，他所塑造的其他帮派，帮中人物形象都各不相同、活灵活现。例如，我们很难界定出武当派的整体形象，却知道武当弟子性情各异：俞莲舟的稳重老练、殷梨亭的性情天真，连着墨不多的冲虚道长都以潇洒淡然、颇富智计的形象深入人心。华山派同为剑宗弟子的风清扬与封不平性格秉性天差地别，同为一师之徒的令狐冲、陆大有、劳德诺、林平之个个不同。但丐帮有普遍的性格形象，却缺少个别的性格形象；有整体的帮会风采，却缺少个体的人物风采。当然，只有帮主例外。

一部分原因可以在丐帮的管理体制中找到。

丐帮的管理体制与其他帮派并不一样。一般武林门派，管理较为松散，虽有上下尊卑，但等级并不明显。华山派令狐冲师兄弟间向来嘻嘻哈哈、没大没小；嵩山派除左冷禅外，其他十几个太保，很难说谁比谁权力大；泰山派退休大叔玉字辈老前辈可以明目张胆叫板掌门。门派不同于帮会，其掌门与弟子间多有师承关系，师长管理弟子拥有天然正当性，也极易形成"君师合一"的状态。但金庸笔下的门派却像是大家庭的外在延伸，管理上与大家族并无太多差异。那么教门呢？明教人多势众，但高层也很难对各地部众形成有效约束。韩山童父子俨然一地诸侯王，尾大不掉。朱元璋更是坐拥百万之众，杨逍继任教主后竟不能与之争锋。

丐帮却是一个异类。它的管理体制，是管理权高度集中的。不少金庸迷都撰文讨论过丐帮组织的严密与有效。简要言之，其机构和制度设计，均颇为精妙。帮主之下，设有长老龙头等，构成丐帮的总部。总部之外，设有各大分舵，机构遍布全国。帮内人员除担任职务外，均有衔级。例如舵主是职务，类似于部队的师长、旅长，那么身上的口袋则代表衔级，八袋弟子可能类似于少将、准将。衔级决定了荣誉待遇、尊卑等级，理顺等级关系更易形成有效的管理。丐帮还有严格的成文法规，杏子林中执法长老白世镜和乔峰各自引经据典、说得头头是道，让我们得以对浩如烟海的丐帮法典窥豹一斑。

有这样严格的管理制度和严密的等级关系，就不难理解为什么丐帮只有普遍性格，而缺少个体风采了。身在丐帮之中，重要的不是展示你的个性，而是服从这个高效运转的管理机器。最好的服从就是适应与融入：作为一名丐帮弟子，首先是丐帮的一分子，然后才是自己。只有到帮主那个层级，才可以更好地展示自己的个性和风采，才可以没事去皇宫偷吃点御膳，才有闲暇用降龙十八掌的功夫换几道好菜，或者和大理来的流量小生喝喝酒、拜拜把子。

丐帮形成这样的制度，必有其因。奥秘就在"战时"这一特殊条件。

三、持久的战争

金庸笔下的丐帮，基本上一直在打仗。

乔峰时代，和辽国人打，丐帮充当了大宋军方的特别支队。洪七公时代，丐帮拒不南撤，是抗金的急先锋，黄蓉、鲁有脚时代，更是抗击蒙古大军的重要生力军，史火龙时代，是反元义军的参与者之一。清代康熙乾隆年间，丐帮虽已衰落，可还是以反清帮会自居，吴六奇便是帮中弟子，兴汉丐帮范帮主虽糊涂，但也算是反清队伍的一员。可能唯一的太平帮主是《笑傲江湖》中的解风。如果给金庸世界的丐帮设计一曲背景音乐，一定是"满腔愤恨向谁言""伤心血泪洒山川"等慷慨悲壮的曲子。

丐帮面临的最大历史现实就是"战时"。丐帮的终极目的，就是取得胜利。这不仅仅是服从于"打仗就要赢"的现实逻辑，还具有重要的价值指向：战争在丐帮眼中，是正义对抗不义的战争，而战争的胜利就是家国大义的现实呈现，就是丐帮弟子自认为于国于民作出的最大贡献。此是"大节"之所在。

为了有效适应战争的节奏，丐帮必须是等级森严、管理集中的，它要像一台高速运转的机器，能应对复杂的局面。丐帮也必须是集体优先的，个体要服从大局，铸造集体性格要优于养成个人性格。唯有如此，才能汇聚强大的集体意志，形成高效的动员能力，适应战时的集体行动。

为取得胜利，帮主虽尊，但可被推翻，森严的帮规可被冒死挑战。杏子林中，为数不少的丐帮弟子以生命为代价发动政变，试图废掉乔峰。虽说此举是受到了全冠清的蛊惑，但根本原因还是他们担心乔峰身为契丹人会做出危害大局之举，即在宋辽对峙的这个特殊"战时"会危害丐帮乃至大宋的整体利益。于是，这也影响了丐帮弟子对于丐帮权力构成的理解：丐帮帮主不等于丐帮，丐帮的利益也不必然和帮主捆绑在一起。就像法国大革命时期，国王不再等同于国家，人民会出于维护国家利益的目的处决路易十六。帮主只是一个能使丐帮在战时得以利益最大化的具体职务。这种主观理解，最终形成一种政治文化，客观上构成了丐帮的一部分。

但是如果帮主没有做出明显危害战争大局的行为，即使他的命令违反常理、倒行逆施，众弟子也会凛然遵从。《天龙八部》中新任帮主游坦之与星宿老怪比拼"腐尸毒"功夫，每一个回合都要牺牲一名"自己人"。丐帮弟子虽"大感骇异"，但仍然"慷慨赴义、临危不避"，毅然被帮主抓死，充当掷向敌人的毒尸炮弹。对帮主以及这台高效运转的帮派机器的绝对服从，是写在每个弟子骨子里的程序代码。

当然，这些还不是奥秘的全部。如果战时状态仅仅赋予丐帮高效的组织动员能力和管理机制，那丐帮弟子与训练有素的雇佣兵集团有何区别？与科层制队伍有何区别？倘真如此，丐帮便不再是丐帮了，而是《冰与火之歌》中龙妈麾下的太监特战队"无垢者"军团 *。

可群丐那一张张咧嘴大笑、热情洋溢的脏兮兮脸庞，怎么可能跟面无表情的无垢者一样？

四、饱满的热情

战时状态形塑了丐帮集体优先的体制，众弟子绝对服从集体和大局。但与此同时，丐帮弟子并不是只有服从而无收获。战时状态使他们获得了极强的公共参与感，激发了极饱满的热情。

一个集体优先、权力集中的共同体，必须解决认同的问题。雇佣兵打仗是为了钱，科层制的成员往往会对事业失去激情。丐帮弟子为什么心甘情愿服从如此严格的等级秩序和如此高强度的管理？为什么肯为战争慷慨赴死？须知这战争不是一年半载的例外状态，而是持续数百年的日常状态。

书外一日，书中百年。你读《天龙八部》时，丐帮高喊"家国之仇，谁不思报"；你读"射雕三部曲"时，丐帮疾呼

---

* 奇幻小说《冰与火之歌》中出场的雇佣军，以冷酷顽强、没有情感而著称。

"我帮忠义报国，世世与金人为仇"；你读《鹿鼎记》时，丐帮仍要"誓以满腔热血，反清复明"。

面对金庸世界这一场场几乎永不停息的战争，如果没有极强的信念，意志再坚韧的战士也会因战事过久而厌倦，甚至会怀疑共同体本身的正当性。所以，丐帮进行持续不断的战争动员时，必须要把战争本身和每个丐帮弟子的责任联系起来。

从理念上说，丐帮一直将参与正义战争视为侠义精神的外在呈现，同时也是一种最高形式的呈现：为国为民。

侠义精神虽是通过集体行动来实现的，但它从根源上离不开每个行动着的个人。因此，战争的胜利也同样属于每个人，也正是个人侠义精神的果实。这与丐帮弟子行侠仗义、济人困厄的精神也是一致的。正义战争和行侠仗义虽有轻重之分，但都是侠义精神这根藤上结下的瓜。

从现实上说，丐帮还须让每个弟子真实参与帮内重大事务、获得充盈的自我实现感，而不仅仅是让他们做一个微不足道的战争螺丝钉。

所以丐帮热衷于召开各种大会，杏子林大会、君山大会、襄阳大会，以及会合天下英雄的大胜关英雄大会。大会上，大家纵论江湖、声讨外敌，七嘴八舌讨论帮中事务乃至天下大事。在这种热火朝天的气氛中，大家进一步明确：战胜外敌才能实现天下苍生的根本利益和丐帮自身的整体利益。低层级弟子即使插不上嘴，也可以拿木棍敲敲地板，以助声势。更重要的是，大会的决策过程向每个人公开呈现，每个普通弟子都感受得到热血沸腾时的温度。这种"在场"的感觉，会让他们与有荣焉。

这与卢梭的公意理论有几成类似。在战时状态下，众丐帮弟子参与正义的战争，才是实现侠义精神的最好途径，这是体现他们共同利益的真正公意。他们以饱满的热情积极参与帮务，大会基于此公意决定重大事务。一切与此公意相违背的私人利益都是一种虚假利益，因为那从根本上有违侠义精神。为了公意的实现，他们甘愿无条件服从帮规、服从帮内森严的等级制度，也甘愿让渡自己的权利，收敛自己的个性，融入丐帮共同体的大我之中。

人们常诟病的是，在卢梭那里，个体的形象是不够清晰的。这与丐帮中普通弟子个人面孔模糊不清也颇为相似：我们根本记不住吴长风和黎生的长相有何区别。他们的面孔模糊不清，却绝对不是面无表情，而是千篇一律的精神饱满、斗志昂扬。

五、无战则衰

《笑傲江湖》的江湖，是丐帮少有的和平年代。但适应了战争状态的丐帮一下子无所适从。帮内文恬武嬉，不成气候。金庸研究者六神磊磊先生和一些金庸迷都提到过这一阶段丐帮的堕落：帮主解风不仅有私生子，还将其安排至青莲、白莲使者的高位。丐帮的地位影响不断下降：副帮主张金鳌武功平庸；帮主解风甚至不能代表正派与魔教比武三战，地位屈居左冷禅之下；魔教也不把丐帮放在眼里，上官云竟宣称："要灭了丐帮，也不过举手之劳。"

丐帮作为一个共同体，它不是国家，国家在和平年代可以致力于各项建设；它也不是单一的有师承体系的武林门派，武林门派可以闭门钻研本门武术秘籍；它又不能学嵩山派去争霸天下，因为争霸有违江湖道义。战时状态的丐帮，最重要的是解决了"什么是公意"的问题，使"行侠仗义"这句有空泛倾向的说辞有了具体的所指。但在和平的江湖中，没有了非正义的外敌，行侠仗义变得太抽象、太难落实。做几件好事，行侠仗义，收拾几个恶霸，这类事情远远不够让数十万弟子均有事做。就像一个到处比赛的竞技队伍，一旦没有赛事可参加，队伍的内部价值认同将面临动摇的危险，对外的存在感也会越来越弱。转型中的丐帮必须思考：对内，依靠什么维系数十万弟子的认同；对外，凭倚什么自雄于江湖。

战争的再次来临是明末清初。但文恬武嬉的丐帮已不适应这样的节奏，其地位渐被新兴的天地会所取代。丐帮只得与天地会联盟，吴六奇虽是帮中弟子，却要加入天地会才能凸显自身价值。

在金庸的叙述中，天地会本脱胎于郑成功的军队，是百战之师，更适应新的战时状态。天地会又借助一整套符号化的仪式以及"洪金兰""万云龙"的神圣叙事完成了帮会内部的价值整合，并打造出"陈近南"这一江湖第一"爱豆"和流量大侠，以维系内外认同。经历了漫长和平时期的丐帮很快沦为天地会的背景板。

乾隆年间掩盖了丐帮光芒的是首脑同样姓陈的红花会。那时的丐帮已更名为"兴汉丐帮"，其帮主范某的武功、智商均让人忍不住怀疑这个"兴汉丐帮"和真正丐帮的关系，大概类似于"金庸新""金庸巨"和金庸的关系。

金庸修改《天龙八部》时，不惜画蛇添足增加一段萧峰传功给虚竹的情节，为的是让"降龙十八掌"传承下去，不与萧峰共灭。但传到后世，这一曾威震天下的丐帮绝技大概也只能是电视剧《武林外传》中李大嘴版本的"降龙十巴掌"，成为遥远并可笑的传说。

岳不群的美梦虚竹的命

帮派兼并正当可行吗？

一、岳不群的方案可接受吗

连小小的幼儿园班级合并，都可能引发家长的抗议，帮派兼并动辄涉及成百上千江湖豪杰的切身利益，更是"宗派大事"，称得上"死生之地，存亡之道，不可不察"。

提及江湖帮派兼并，金庸迷都会想到五岳剑派的合并。这五大派，除了统称五岳外，八竿子打不着。将这五派合并在一起，非常无厘头，就好比强行要求并称"五绝"的"东邪西毒"等人拜天地一样。王重阳对林朝英尚且拒绝，面对老毒物和老叫花怕同样不会动心。

但左冷禅和岳不群却把合并搞得有声有色，还想出了种种正当性理由。我们自然可以无视这些理由，斥其为掩盖个人野心的外衣。但若不因人废言，不妨更深入地来思考这个问题：如果左冷禅和岳不群的正当性说辞是真诚的，它们是否就成立呢？

左冷禅认为："近年来武林中出了不少大事，兄弟与五岳剑派的前辈师兄们商量，均觉若非联成一派，统一号令，则来日大难，只怕不易抵挡。"严峻的江湖形势是"并派之举"的现实驱动力，只有有效统合五派力量，才能抵挡"来日大难"。国际政治学者斯蒂芬·沃尔特在《联盟的起源》一书中谈到国家结盟的目的在于制衡对自己有威胁的国家，左冷禅更往前走了一步，由结盟走到了合并。但所谓"大难"是一时的还是长期存在的？如果是前者，为了一时的危难，永久取消各门派的独立性是否合适？如果是后者，又是据何判断？且不说这"大难"是"来日"的，究竟来不来还不一定。为了一个虚无缥缈的未来的危机，就牺牲各门派当下的独立性，进行一场涉及多人的大变革，这显然不合理。

论说理，老左不行，还得看老岳。

岳不群能言善辩，并派理由更具有说服力。他视阈宏大，目光绝不局限于五岳一隅，而是着眼于天下大计。

在下深觉武林中的宗派门户，分不如合。千百年来，江湖上仇杀斗殴，不知有多少武林同道死于非命，推原溯因，泰半是因门户之见而起。在下常想，倘若武林之中并无门户宗派之别，天下一家，人人皆如同胞手足，那么种种流血惨剧，十成中至少可以减去九成。英雄豪杰不致盛年丧命，世上也少了许许多多无依无靠的孤儿寡妇。

这段文字，逻辑清晰、说理透彻，有担当、有情怀、深富感染力，通吃"理中客"和"文艺青年"，无怪乎听众纷纷点赞。甚至有人评价岳不群："人称'君子剑'，果然名不虚传，深具仁者之心。"

岳不群不只是务虚，他还给出了合并天下帮派的实际路线图。合并是渐进式的，而非剧变式的，群豪对此更易接受。他将五岳剑派合并视为这个宏大路线图中的一个环节。

一举而泯灭门户宗派之见，那是无法办到的。但各家各派如择地域相近，武功相似，又或相互交好，先行尽量合并，则十年八年之内，门户宗派便可减少一大半。咱们五岳剑派合成五岳派，就可为各家各派树一范例，成为武林中千古艳称的盛举。

从万能的读者视角看，岳不群口是心非，说一套做一套，他的理由不过是蛊惑人心的蜜糖。但假设岳不群诚心诚意相信自己的说辞，言行一致去推动天下帮派的合并，这种合并是否具有正当性依据呢？

帮派兼并，会建立新的统治与服从秩序，必然涉及权力关系。权力正当性的首要原则是"同意原则"。除了左、岳，所有五岳掌门都反对并派。不管你的理由多么高大上，别人不同意，就不能说是正当的。强扭的瓜不甜，可就算真甜也不能违背瓜的意愿啊。

我们退一步说，就算五岳掌门同意了，但一众弟子有没有同意？同意人数有没有超过半数？法理上，掌门人在多大程度上能够代表门派的整体意志？掌门人所拥有的权力是否包括将本门派并入他派这一项呢？现代社会，一些国家能否并入他国，需要全民公决。武林门派不比国家，但并派那么大的事情，恐怕很难由掌门人一言而决。

此外，岳不群试图通过减少帮派逐渐消除暴力的想法是说不通的。帮派减少，不代表暴力减少。哪怕只剩下两派，都可能会产生激烈的对抗。古罗马与帕提亚以及后来的萨珊波斯长期保持两雄争霸的局面，几百年间，打得流血漂杵那是家常便饭。第一次世界大战由协约国和同盟国两大集团参加，但厮杀之惨烈远胜小国混战。

若江湖彻底统一成一个帮派，就能止杀吗？岳不群只要看一看自己胸口那道炫目的伤疤，大概就不会忘记，华山派晚近数十年最严重的一次减员正是来自同门火并——剑宗与气宗的厮杀。

只要有观念分歧，只要有利益的争夺，门派内斗的惨烈程度绝不逊色于帮派间的外部斗争。按照古典政治思想家的观念，同质化的小共同体最易取得政治共识，而规模越大、异质化程度越高的政治共同体，其内部爆发冲突的可能就越大。岳不群梦想中的巨无霸帮派，很可能是内斗不休的修罗场。

岳不群的理由既不正当，论证也说不通。他的美梦实则是江湖的噩梦，当然也不可能实现。但另一个没有梦想只有梦姑的小伙子却稀里糊涂实现了一百多个帮派的大合并。他就是虚竹。只能说他命好。

二、虚竹的统治正当吗

在天山童姥时代，灵鹫宫就已经实现了对三十六洞、七十二岛的广义兼并。当然，这些乱七八糟的帮派没有取消独立的番号，其成员也没有获得灵鹫宫的政治身份。但关键是，灵鹫宫对这些帮派有绝对的支配力：视其头脑如仆役，生杀予夺，一任己意。

但童姥对三十六洞、七十二岛的"兼并"，是一场"未完成的规划"。虚竹即尊主之位后，做了很多改变。两相对照，我们会发现虚竹的统治具有教科书般的正当性。

天山童姥对一干洞主、岛主的统治是靠强力和威胁。取材于水的生死符除了绿色环保无污染之外，和三尸脑神丹、豹胎易筋丸并无区别，分分钟让人生不如死。卢梭在《社会契约论》一开头有句名言："即使是最强者也绝不会强得永远做主人，除非他把自己的强力转化为权利，把服从转换为义务。"因此，洪教主和天山童姥这样的人物再强、统治再严苛，属下一旦有机会就会密谋反叛，冒死一搏。于是才有许雪亭发难，才会有万仙大会和"缥缈峰头云乱"。

虚竹临危受命之时，大的联盟早已分崩离析，他从童姥手上继承的，只有对灵鹫宫九天九部的统治权，三十六洞、七十二岛并不包含在这份政治遗产之内。对后者的统治权，可以说是他靠自己的行动获得的：他本着仁爱之心，以绝世武功化解了众岛主、洞主的生死符，给予了他们基本的生存权利，以及免受恐惧的权利（尽管不同于卢梭的"权利"），因此赢得了众人的支持。无怪乎段誉提议群雄永远臣服灵鹫宫、听从虚竹号令时，他们均无异议。可以说，在一定程度上，虚竹的统治是建立在"同意"基础上的。

评价帮派兼并好不好，除了看内在依据是否正当外，还要看外部影响是不是正面。三十六洞和七十二岛臣服于虚竹之后，这个合并后的大共同体对于整个江湖的公共福祉是有增益的。虚竹啰里啰唆定了几条规矩，最重要的一条是："灵鹫宫属下一众兄弟，今后不得妄杀无辜，胡乱杀生，否则重重责备。"洞主、岛主们大半是"邪魔外道"，残忍好杀者不在少数，这一约束减少了杀戮，不能不说是功德一件。就像玄慈方丈嘱托虚竹的："你自立门户，日后当走侠义正道，约束门人弟子，令他们不致为非作歹，祸害江湖，那便是广积福德资粮，多种善因，在家出家，都是一样。"这使帮派大合并具有了道德上的可接受性。

但我们仔细想想，事情似乎并没有这么简单。

首先审视众洞主和岛主对虚竹的臣服，就会发现这个以同意为基础的正当性并不牢靠。虚竹给予人家免受恐惧的权利，本来就是人家应有的，而这个恐惧，恰是虚竹的前任童姥所赐。公司上任董事长欠你钱，继任者把钱还给你了，你大可赞一声公道，但不必对其感恩戴德，那钱本就是你的。

当然也有人是曾杀伤了灵鹫宫姐妹，"畏罪臣服"，那更不是自愿了。段誉在提议群雄服从虚竹号令之后，还加了一句："倘若有哪一位不服，不妨上来跟虚竹子先生比上三招两式，且看是他高明呢，还是你厉害！"这话已经暗含了某种强力的威胁。换言之，虚竹登峰造极的武功修为，仍然是维持这种统治的根基之所在。服从并没有转换为义务，虚竹和童姥的统治看似不同，却仍是一脉相承。最关键的是，对于灵鹫宫以及整个大共同体的公共事务，众岛主、洞主只有服从的份儿，没有平等参与的权利。

灵鹫宫也没有给他们带来更多的福祉，反而要他们动不动就介入大规模的武装冲突。先是陈兵少林，后是深入辽境救萧峰，为此死伤极多。他们都是隐逸世外的江湖人士，或"僻居荒山"，或"雄霸海岛"，宋辽冲突、胡汉恩仇与之毫无关联，如此舍生忘死、以卵击石对抗辽国大军，留下尸山血海，只不过是在执行虚竹的命令。尽管拯救萧峰就像"拯救大兵瑞恩"一样，在道德上无可指摘，却很难让他们产生共鸣，也给不了他们任何益处。

帮派大合并增益江湖的公共福祉，也是极具偶然性的。他们服从虚竹"不得妄杀无辜"的约法，并不是真正认为这条约法有道理，而是出于对虚竹的尊重和服从。也就是说，这次帮派大合并增益了江湖的公共福祉，不过凑巧因为虚竹个人以慈悲为怀。一旦虚竹老去，缥缈峰易主，这个大共同体是不是对江湖有益，就要看新主人的意志了。万一新主人是任我行、洪安通一类的人物，那就是江湖之不幸了。

从一个更现实的角度讲，三十六洞、七十二岛之间，各方面差异太大。这些帮派的首脑有的来自东海、黄海，有的来自昆仑、祁连，有的久居川西，有的隐居海南，有的身处甘肃。"或西域，或西夏，或吐蕃，或高丽。"他们有僧有俗，装束风俗亦不相同。文化差异、地域差异，甚至国族差异、信仰差异的同时存在，决定了这些帮派所组成的共同体的异质化程度必然很高，也决定了灵鹫宫对各洞各岛很难形成向心力，也无法对它们实现有效整合。相反，他们每一个小团体内部却因同质化程度高而易形成针插不进的抱团局面。

这其实很像跨文化、跨地域统治的古代帝国，历史社会学家凯伦·巴基曾指出，帝国得以长期维持的关键因素之一在于拥有超国家的意识形态，但灵鹫宫显然不具备一套足以整合各帮派的强大思想武器。

另外，虚竹和九天九部的女将们也没有足够的治理能力和管理经验。不独灵鹫宫，江湖上任何帮派在治理异质化程度如此之高的共同体时，都很难做到得心应手。江湖儿女都是武人，他们不是文官集团，也没有历代因袭的治理经验。

这也说明了为什么日月神教在管理庞杂的江湖帮派时，也需要借助三尸脑神丹这一低配版的生死符。面对异质化程度如此之高的复杂群体，给属下绑上定时炸弹，时刻保持引线在手，是反面人物维系其权力关系最简单粗暴却也最有效的选择。

三、不能被简化的江湖故事

　　历史上真实的江湖帮派，多是地方性的，依托当地的宗族和地域文化产生，它们的规模不可能很大。金庸江湖中号令统一、部众达数十万的丐帮，其原型是散于各地的花子会和乞丐行会。《鹿鼎记》中的天地会堂口遍及天下，规模宏大、等级森严，总舵主陈近南一声号令，十数万兄弟无不遵从。但事实上，以研究中国民间宗教和民间社团著称的荷兰学者田海就曾指出，三合会（天地会）并不是一个整体性的大型帮会，而是泛指许多分散在各地的不同的帮会，它们互不统属，也不从属于统一的谱系，其凝聚纽带是地域、宗教、利益等，唯一将这一众帮会"联系"起来的只是"三合会知识"这一套叙事系统。

　　靠地域关系和宗教利益凝聚起来的帮派教门往往是历时越久，分支就越多，组织也越分散，极少出现大规模合并。哪怕在最需要统一指挥的战争状态下，它们的合并也很困难。秦宝琦、孟超的《秘密结社与清代社会》一书曾描述嘉庆年间川楚白莲教起义中，依靠各地教门帮会等秘密社会组织组建的各支义军队伍互不统属、各自为战的情况，甚至当襄阳的王聪儿、姚之富一派向东乡的王三怀一派提出联合行动的请求时，亦遭到拒绝。

　　虚竹靠神奇的机缘实现的三十六洞、七十二岛的大合并并不能长期维系。岳不群试图通过帮派合并实现武林永久和平的梦想，不仅没有正当性依据，道理上也说不通，现实中更不具备可操作性。

　　岳不群的错误在于，他太把自己的宏大理性规划当回事儿，进而将各不相同的帮派一律视作可通约的简单符号。他忽视了自己理性的局限，也忽视了真实江湖的复杂和多元。不管你是少林还是点苍，是五仙教还是武当，均是他头脑中理性大工程和人生大理想中的一个螺丝钉。可事实上，每个门派都是一个生动的故事，都有一套源远流长的话语系统，它们都是立体的、真实的、丰满的。无数这样的门派组成了一个五彩纷呈的江湖，江湖的秩序是自发的，不是由岳不群的理性意志所决定的。

　　也许，岳不群不是没有看到帮派间的差异，他的逻辑只不过是：差异产生冲突，消灭帮派之别来消灭差异，自然就消除了冲突。但事实上，在一个多样性的江湖中，尊重差异，并在差异的基础上不断寻求共识，基于共识制订规则，也许才是制止杀戮、实现和平的正途。

武当侄婶命不同

"护短"与"清理门户"

一、宋青书的委屈

江湖帮派如果过于讲人情味，往往会疏于管理，纪律松弛。大家嘻嘻哈哈，你好我好。师长护起短来毫无原则，门人弟子有错也得不到惩处。

神拳无敌归辛树虽待人严厉，但"生性沉默寡言，难得跟弟子们说些做人处事的道理，不免少了教诲"。其弟子孙仲君断人胳膊、滥伤无辜，和乃师疏于管教，大有关系。连归辛树的师父穆人清都忍不住吐槽："曾听人说，你们夫妇纵容徒弟，在外面招摇得很是厉害。"后来，他们更是对独生儿子归钟"爱逾性命"，"娇宠过度，失了管教"。

但是团队完全不讲人情味，只讲严刑峻法、高压管理，那也有问题。在历史叙事中，战国时期的秦国便是如此。金庸老爷子在写神龙教时，用了查慎行的"百金立木招群魔"
作为回目的一句，他专门强调是用了秦国商鞅的典故。想想
瘦头陀，仅仅因任务完成时间超出最后期限，就被豹胎易筋
丸变成一个矮胖子，多少年跑步机上挥汗如雨都换不来的高
瘦身材一夕之间化为硕大的四喜丸子。人未中年，暴得油腻。
个中滋味，血脂自知。所有深受拖延症折磨的年轻人，都应
该有代入感地读读这一段。

　　在金庸世界里，《倚天屠龙记》中的武当派却把两者很
好地统合在了一起。它讲人情，适度护短。员工家属殷素素
一口气杀了龙门镖局满门七十多口，可谓心如蛇蝎、穷凶极
恶。面对尸横遍野的惨状，连"生平残酷的事也见了不少"
的张翠山都"禁不住心下怦怦乱跳，只见自己映在墙上的影
子不住抖动，原来手臂发战，烛火摇晃，映照得影子也颤栗
起来"。但团队方后来表示，让她偿命于事无补，还制订方案、
想出办法，替她赎罪。

　　该清理门户时，武当派也决不手软。宋青书本是集万千
厚望于一身的未来之星，乃武当派第三代掌门的不二人选，
却偷窥女生宿舍、杀死师叔、试图下药蒙翻师长，最后加入
峨嵋派凭狠辣的九阴白骨爪与天下英雄为敌……其结局是被
张三丰宣判"这等逆子，有不如无"后击毙。*

---

* 　新修版为宣判后自行死亡。

　　这里有一个问题：按照宋青书的处理标准，宽宥殷素素有点不讲原则；按照殷素素的判例，击毙宋青书未免不讲人情。双手沾满鲜血的五婶儿能得到武当派的一致宽恕甚至全体维护，侄儿却只能被钉在耻辱柱上、遗臭百年……要不是宋青书头骨已经破碎，他的棺材板是一定压不住的。

　　但读者对这个情节安排却感到极度舒适。原因有很多。一方面，人们读小说或多或少会有一些代入感。殷素素算上一代的女主角，宋青书则是现任男主人公的情敌，老女神和新情敌的待遇自然不该一样。另一方面，比起那些作恶却不作伪的魔头，人们更加痛恨道貌岸然、外表光鲜的伪君子。所以汤沛、岳不群和花铁干远比四大恶人讨厌，欧阳锋、梅超风、岳老三似乎都有可怜之处。詹姆·兰尼斯特在热播美剧《权力的游戏》第一季里还让人恨得牙根痒痒，第二季便形象逆转、吸粉无数，成了维斯特洛头号流量"爱豆"。照这个逻辑，人们自然更喜欢敢爱敢恨的殷素素，不喜欢表里不一的宋青书。

　　抛开读者内心的偏爱，武当派对殷素素和宋青书的不同处理，真的没有别的正当依据吗？答案是有。这是一个涉及了"人情"和"规则"的边界到底应该在哪里的问题。

二、 武当群侠的共识

宽宥殷素素，处死宋青书，不是武当派哪个人一言而决的，而是集体共识。尤其在对殷素素的事情上，这种共识更是基于充分的商谈所达成的。我们回顾一下过程。

首先，张翠山陈述妻子杀害龙门镖局满门的事实，对"此事如何了结"，恳请师兄拿个主意。其中已然包含了请求门派庇护的意图。这算是把这个重要议题给抛出来了。

足智多谋的老四张松溪通过"大道理"给出了倾向性意见："人死不能复生，弟妹也已改过迁善，不再是当日杀人不眨眼的弟妹。知过能改，善莫大焉。"

大哥宋远桥一度踌躇不决，威严的二哥俞莲舟干脆利落地立即表示同意宽恕殷素素。地位最高的老大没有异议，原则性最强、极有话语权的老二也表示同意，宽恕殷素素的大方向便确定下来了。

那么接下来就是该考虑如何应对外界质疑的问题了。六弟殷梨亭心中喜滋滋，一拍脑袋，给出了一个机智的方案：抵赖。

殷梨亭的自我角色定位很可能是气氛组成员。大哥否决六弟的方案，对六弟进行了批评教育："一味抵赖，五弟心中何安？咱们身负侠名，心中何安？"他自己也给出了新的应对方案：大家同下江南，作十件大善举，将功补过，以赎前罪。

　　四哥张松溪一边鼓掌一边进一步论证了大哥方案的合理性："龙门镖局枉死了七十来人，咱们各作十件善举，如能救得一二百个无辜遭难者的性命，那么勉强也可抵过了。"在张松溪的视域里，善举和恶行是可以定量的。以整个江湖为范围，善举在数量上的增加，一定程度上可以抵消恶行所带来的罪孽。这虽然不是功利主义，但是确实共享了功利主义者的某种思考方式。

　　最后二哥俞莲舟给这个解决方案定性为"再妥当也没有了"。一方面现实中具有可行性，因为符合武当派最高决策者张三丰的意志，"师父也必允可"。老板能接受的方案，才是一个可行的方案。另一方面，在道德上具有可接受性。俞莲舟再次重申处死殷素素是不合理的：杀了殷素素，"不过多死一人，于事何补"？这里暗含的意思是："多做好事赎罪"在道德上比"杀人偿命"更有价值。

　　最高决策者张三丰怎么看呢？老爷子出关后，没有对此事做出明确指示。但他却说：即便殷素素人品不好，也可以"潜移默化于她"，"正派弟子若是心术不正，便是邪徒，邪派中人只要一心向善，便是正人君子"。亦即表达了恶人可以改过从善、重获新生的想法。可见，他和众弟子所达成的共识不谋而合。

　　宽恕殷素素的整个过程，不是简单的投票表决，也不是权威人物发话后众人随声附和，而是通过不断说理、不断提出方案并论证、再不断完善解决方案来实现的。可以说，是一个充分尊重帮派内各方意见、靠说理达成的商谈。

　　再说说处理宋青书一事。众人没有展开充分的商谈，但均在不同场合表达了自己的意见。父亲宋远桥说要"亲手宰了这畜生"，老四张松溪给他定了性："青书做出这等大逆不道的事来，武当门中人人容他不得。"老二俞莲舟人狠话不多，只说要为七弟报仇，对宋青书"已无半分香火之情"，以一招"双风贯耳"表了态。老六殷梨亭"心肠本软，但想到宋青书害死莫声谷的罪行，实是痛恨无比"，表示："师侄忤逆犯上，死不足惜，实是敝派门户之羞。我倒盼他早些死了干净。"师尊张三丰一句话就判了宋青书死刑："这等逆子，有不如无！"对宋青书的态度，大家完全一致。

　　可以说，宽宥殷素素，处死宋青书，人情与规则之间的取舍，并不是武当派任性而为，而是建立在每个人充分的表达、陈述和广泛共识基础之上的。

　　那么下一个问题来了：是不是只要通过协商达成共识，帮派的决定就是有道理的呢？或者说，武当派的共识，除了包含意见一致，还有没有规范性的东西？

三、身负侠名，心中何安

　　长乐帮一众弟子，对为非作歹、欺男霸女很有共识；灵鹫宫九天九部的女将，对用生死符折磨三十六洞洞主和七十二岛岛主也没有异议。但这些所谓共识，与武当派的共识，似乎有很大的区别。武当派群侠在商谈的过程中，每个人所表述的话语都在不自觉地遵循着正当性的原则。

　　哈贝马斯认为，共识有赖于有效的沟通，但在沟通中，语言交往要有一系列预设，说话人要满足一些"有效性要求"：真实性、真诚性和正当性。发言必须"真实陈述"，不能像韦小宝一样真真假假、满嘴跑火车；同时要真诚表达，不能说的是一套，但内心却有其他险恶的用意。另外，诉求必须是正当的或者说正确的，要以"公认的规范为背景"。

　　在金庸世界的江湖上，有一套通行的道德规范，告诉你什么是正确的"三观"。各帮派对这些规范的理解虽有偏差，但一些基本的东西是深入人心的。比如说行侠仗义、济人困厄的侠义精神，不伤及妇孺、不恃强凌弱的底线原则等，这些东西构成了一个江湖道德观念的资源库。即使你离经叛道想挑战这些规范，也不能否定这些规范的重要性。

　　在武当派的对话过程中，大家都在从这个资源库里找理由，都在以这些道德规范作为商谈的背景。因为如果不遵循这一正当性承诺，对话就是无效的，共识更是无法达成的。一个突出的例子就是，老六殷梨亭提出"抵赖"的建议，已经不符合正当性的要求。这一旁生枝节马上使得对话不再具备有效性，宋远桥直斥"身负侠名，心中何安"。如果群侠发言都是在殷梨亭的思路上信马由缰，共识永远无法达成。宋远桥的一声呵斥，也算是悬崖勒马。

此外，大家的说理均是以侠义精神为基础的：张松溪率先强调了宽恕殷素素的理由在于弟妹已经"改过迁善"，而改邪归正本身就是符合侠义精神的。宋远桥一开始的踌躇不决，也是出于道德的考虑。最终的解决方案"各作十件善举"，也是试图以更大的道德成就弥补之前的道德过失。可以说，整个商谈过程，是符合江湖道义的通行理解的，是"正当的"。

宋青书和殷素素享受了不同的"待遇"，群侠的发言与表态，也是基于侠义精神和江湖的道德规范。

一方面，武当派协商殷素素的议题时，当事人已经改过迁善十余年，早已是一个好人。但截至被"双风贯耳"的那一刻，宋青书仍然在为虎作伥，做着侠义之道所不容的事情。

另一方面更为重要，在江湖的道德语境中，弑杀尊长、残害同门的罪行比滥杀无辜更为严重。这既是一种亲疏有别的差序格局，也是一种维系团队内部情感认同的必然需求。所以武当诸侠在龙门镖局的事情上可以适度"护短"，但当大家将三哥俞莲舟残废的事情和殷素素的所作所为建立因果联系之后，张翠山夫妇不得不自杀"谢罪"。宋青书弑杀师叔，更是为江湖伦理所不容，属于必须被清理之列。

因此，武当派的"讲人情"和"讲原则"，不是没有理由的。"护短"和"清理门户"的边界是由帮派内众人的共识所划定的，而这个共识，是大家本着侠义精神讨论出来的。

四、掌门人的重要性

这里还需要讨论一个问题。武当派第二代弟子的协商与共识究竟有多重的分量？张三丰的决定权难道不是最重要的吗？如果第二代弟子的共识恰好符合老张的心思才有效，那么有效的就不是共识，而是老张的决策。

然而，事实上，武当弟子能够对重大的争议性议题自由充分讨论，拿出成熟的提案，还有把握认为师父会允许——这一切能够发生，是有特殊背景的，那就是张三丰为武当派培育了一种极具特色的政治文化：正派却开明、严格却包容、尊卑有序却允许说理。

"原则性"和"人情味"都深深根植在这种政治文化之中。

张三丰以侠义精神作为武当派的立派之基，这使江湖规范成为第二代弟子思考与言说的价值前提。于是在讨论重大议题时，无论大家怎么七嘴八舌、怎么信马由缰，但发言始终不远于道，要以侠义精神为规范背景。这是武当派最大的"原则性"。张三丰对这件事情的要求是刚性的、严格的，任何人不得偏离。掌门人的权威则是对侠义原则的最终担保。

　　但侠义之道是形而上的，它不是一本成文的说明手册，能够因地制宜地指导解决武当派所遇到的一切难题。生活中也不是只有那些可以一眼看到底的大是大非问题，在"是"与"非"之间存在宽阔的中间地带。因此，如何应用这个看不见、摸不着的侠义之道，就成了需要"人"来具体把握的事情。张三丰开明、宽厚的性格使武当派形成了宽松的政治氛围，人人皆有说话的权利，人人皆能为"如何把握侠义之道的具体应用"进行头脑风暴、贡献想法。你一句我一句的商谈过程中，热乎乎的"人情味"便烘托出来了。最后，经过反复的说理、协商与打磨，共识形成。指导侠义原则应用的那个"人"，不再是"掌门个人意志"，而是"众人的共识"。

　　反观同时代的峨嵋派，灭绝师太一样重视侠义精神，把原则看得和倚天剑一样重要。但她生性严苛，待弟子极为严厉。爱徒一旦触犯门规，立有不测之祸。她的杀伐决断，令门下弟子"战战栗栗，日慎一日"，也使峨嵋派形成了一种"不敢说话"的政治气氛。最终，萧萧峨嵋山上，除了灭绝师太的咳嗽声，倚天剑出鞘还鞘声，再无别的声音。

　　峨嵋派的原则，看似比倚天剑还坚硬，但是由于在应用时缺少协商和共识，最终沦落为灭绝师太发泄情绪时的道德外衣。她对明教群雄的切齿仇恨、对放弃抵抗的锐金旗群雄的疯狂折辱，统统都以"正邪不两立"的侠义原则为理由。

　　由于缺少协商与共识，峨嵋派仅有的"人情味"是众弟子关于灭绝师太护短的一厢情愿的想象。纪晓芙曾有一段内心独白："师父向来最是护短，弟子们得罪了人，明明理亏，她也要强词夺理的维护到底……"。但不到半个时辰，这位"向来最是护短"的师父便一掌把爱徒打死，还要杀掉爱徒的孩子，"别留下祸根"。峨嵋派所谓的"人情味"，更近乎掌门人随机的恩赐。这种随机背后，是权力赋予灭绝师太的任性。

　　说到底，在掌门人权威至关重要的江湖世界，武当派和峨嵋派迥然不同的政治氛围很大程度上取决于掌门人的个人风格。武当派掌门也不是都如老张，能兼得"原则性"和"人情味"。《书剑恩仇录》时代的武当派掌舵人马真是位宽厚君子，"人情味"倒是十足，可他没有足够的力量把偏离侠义轨道的师弟拽回来。当我们想起张召重暗害掌门师兄时竖起的双眉，便会知道张三丰拍向宋青书的那一掌蕴含了多少深意。

当江湖中人对抗"内卷"

为何越抗越"卷"

一、身体潜能与江湖"内卷化"

曾有一件新闻让人颇感震惊。有人为了减肥瘦腿，竟冒着风险做了名为"小腿神经阻断术"的手术，以萎缩腓肠肌，把小腿变瘦。这种手术争议极大，不少医学人士发声质疑。《墨子》中楚灵王的臣子"一饭为节，胁息然后带，扶墙然后起"的瘦腰工程，与此相比不过是小儿科罢了。

但在金庸江湖中，有人曾做过远比这更加可怕的手术，不过不是为了减肥，而是为了武功。

没错，有一类武功练习的前提就是要把肢体弄残。《葵花宝典》上"引刀自宫"四个字不知饱含了多少疼痛、血泪与闺怨。五毒教主为让女儿练铁蜈钩，要把她手臂生生砍断装个钩子，与其说有什么实战价值，倒不如说是一场残酷的继承人筛选，你能活下来就是条好汉。

还有一类武功，练习前虽无需手术，但要以身体严重受损作为代价。典型代表是"千蛛万毒手"，一练便毁容，堪称医美界克星。吸星大法会把你的丹田打造成一盘辣椒配芥末的黑暗料理拼盘，这里每天都是上演诸神交战的修罗场。七伤拳和寒冰绵掌也都有极大概率导致严重不良反应：前者"一练七伤"，重要器官受损；后者易伤三阴脉络，要终身吸血来治疗。

为什么有人甘愿承受如此之大的身体代价，来练成所谓的奇门武功？

因为，在金庸江湖上，成为高手，具有致命的诱惑力。

往爽了说，弱者可以实现人生逆袭，冤屈得申。你不是令狐冲，也不是朱买臣，遇不到绿竹翁和汉武帝，没人帮你戏弄金刀王家，也没人拜你做会稽太守让你富贵还乡。自宫和毁容无疑是林平之和殷离能想到的为数不多的报仇手段。

往势利上说，你可以独占各种江湖资源，左拥苏荃、右抱莲亭，脚下跪着一众战战兢兢的豪杰，"仙福永享""泽被苍生"的背景音乐正滚动播放。谀辞如潮，颂声并作，只不过是基本配置。

往情怀上说，你可以联合丐帮等好事的帮派开开武林大会，诊断一下国际国内形势。如果国家有事，你便慷慨陈词，

"上马击狂胡";如果天下太平,你便痛斥左道,围剿一下魔教(最不济也可以虚构出一个魔教来揍一揍)。最后在江湖上留下不朽勋名,"大侠""宗师"等称号和无数点赞的大拇指纷至沓来。

可反过来,如果你武功低微,很可能就是被青城派灭门的林震南、被阿紫割掉舌头的酒保、被岳老三扭断脖子的万仇谷小厮。早饭三尸脑神丹、午饭豹胎易筋丸是菜单标配,晚上被扎着生死符还得高颂"童姥万寿圣安"。

金庸江湖是一个高度不平等、资源分配严重不均衡的世界。门派、师承、辈分、财富、与官府的关系,均会影响你的江湖地位和资源获取。但根本性的因素还是武功修为。

想想学者为了在顶级期刊上发文、白领为了完成 KPI 考核、父母为了把孩子送进一梯队学校能做出什么疯狂的事情,你大概就会明白江湖中人为何宁可自宫、断肢、毁容也要练成盖世武功了。

在这种竞争生态下,大家不是群策群力、做好武学科研攻关,将武功之道发扬光大,而是急功近利、无所不用其极地以各种手段来发掘身体潜能,提高实战能力。这像是一场无序的军备竞赛,她毁容来你自宫,身体不过是获得"出奇制胜"能力的代价。

并不是所有的奇门武功都以伤残自己的身体为代价。"出奇制胜"的目标还是打败对方，最大限度地伤残、摧毁对方的身体才是目的。于是，毒药登场了。用毒、下毒、兵刃淬毒、掌中带毒，你能想到的组合江湖上都有。阴狠的招式、狠辣的内力，成为实战界的宠儿。摧心掌、化骨绵掌、凝血神爪、九阴白骨爪，这些功夫一出场，胜负即判生死，武林中再也没有"切磋"的余地。

你狠，他比你更狠；你能闻鸡起舞，刻苦练功，他能自宫毁容，独辟蹊径。江湖如红海，处处像打了鸡血一样，陷入"内卷化"。

与此同时，一种对抗"内卷化"的力量也被激发出来。

二、关于武功的两种看法

事实上，金庸江湖的主流价值观从来也不认可这种无序的武学竞赛。

对于"武功"，江湖上一直存在两种看法。

一种是"武以载道"。武功不过是"道"的载体。这个"道"，或孔，或释，或老庄，或追求圆融清净，或追求天人合一。武功背后的至善境界和万物之理才是重要的，武功本身并不重要，不过是佛家所谓的指着月亮的那根手指，或渡到彼岸的木筏。就像方证大师追忆少林光荣建寺历史时说，达摩老祖之所以传授武学，是为了让弟子们"身健则心灵，心灵则易悟"，宗旨还是明心见性、证悟大道。迷于武学本身，就是"舍本逐末"了。

受"武以载道"的影响，武功的具体应用，也被置于"道"的规范下。锄强扶弱、救国救民，方不远于"道"。欺凌弱小、以武牟利，则为"道"所不许。武功被最大程度地"道德化"了。

如果说对武功的第一种看法侧重价值层面，那么第二种看法则出于现实层面的考虑，即认为武功是险恶江湖中的必要求生手段。江湖动手，一招之失，生死立判。在这种观点的影响下，江湖关系必须要像施米特所说的那样，"判定敌我"。每一个和你动手的人，都是可能会杀死你的人。武学的用途就是保自身、判敌我、分胜负、决生死。

沿着这一激进的思路，最大可能地弄死弄残对方，才是合乎江湖理性的选择。你有了这种实力，也就能够快意恩仇、最大程度地垄断江湖资源。武功成了江湖仇杀的底气和最强的仲裁者，成了征服一切的终极手段。

两种观念对待身体的态度也截然不同。在"武以载道"的视野里，武功境界与精神、身体是和谐共存的，并包含着"君子贵其身"的贵身观念。可在现实主义的视域里，万物皆可成为克敌制胜的手段，身体也不例外。在他们看来，只要能杀死敌人、制霸武林，就算余生捏着兰花指过日子，又有什么关系？没有娇妻美妾，还可以有莲弟。

　　"武以载道"的观念是江湖的主旋律，是台面上的意识形态。对武功的现实主义理解则具有更为危险的诱惑力。古典小说里常说"娶妻娶德，选妾选色"，前者视武功如娶妻，追求道德与传统，而后者视武功如选妾，靠的是欲望和现实本能。可古代有句油腻的俗语是"妻不如妾"，对于一个普通江湖人来说，通过一本武学秘笈来求生保命和称霸一方的诱惑，远大于实现精神世界的至善与圆满。

　　于是，江湖不可避免地开始内卷。大家在武学上的竞争日益加剧，将"最大可能地弄死弄残对方"这一信念贯彻到底。种种无所不用其极的手段宛如"大规模杀伤性武器"，令决定胜负的因素不再稳定，既有武功排序遭受了严重挑战。

　　江湖内卷所带来的竞争是无序而残酷的。原本通过循序渐进、按资排辈掌握了话语权的武林高人感受到了前所未有的危机。刚做完手术的林平之捏着兰花指就手刃了两位成名已久的武学宗师，这是何等震撼的新闻！何况还有霹雳雷火弹、含沙射影、西洋短枪等层出不穷的新武器。一旦"辟邪剑法"不再是秘本，"自宫"便会成为时尚。到那时，你不自宫，就只能死在别人剑下。

　　感受到危机的武林主流理论界也并非束手无策。他们的应对方式是"划分正邪"。

简单地说，就是将那些为了胜负不择手段的做法划归为"邪魔外道"，禁止人们仿效，以最大程度地维护既有的江湖秩序。

在这种思路下，以残酷手段极限开发身体为"邪"；最大程度杀伤对手的行为也属于"邪"；阴狠招数、无解的毒药、防不胜防的暗器，统统都是"邪魔外道"。与此相配套的，是对"邪魔外道"的残酷打击。

江湖中呈现出这样一种情景：一些人打了鸡血般追求克敌制胜，另一些人也打了鸡血般立志将"打了鸡血追求克敌制胜的人"铲除。一些人喜欢"划分敌我"，另一些人正计划将喜欢"划分敌我"的人划为死敌。

三、公共的身体

为了对抗内卷，掌握话语权的大佬们强行画出一条界线，将"打鸡血的"武功和练功方式，统统划归为旁门左道。"武以载道"被进一步强调，"武功的道德化"成为一项前所未有的重要命题。

江湖主流理论界对于"身体"的理解，也在原有基础上出现了一些新的发展。一方面，"身体与武功和谐共处"的说法，以及背后的"贵身观念"得以发扬光大。另一方面，既然武功分正邪，那么"身体"作为承载武功的载体，亦即成了承载"正道"或"邪魔"的载体。因此，"身体"不仅仅是属于私人的，它还是公共的，它关系整个江湖的命运。

你修习正派武功，遵循"武以载道"的理念，你的身体就能够将正道发扬光大。反之，你追求武功速成，残害自己的身体——这时候你所残害的"身体"已经不属于你自己，你是在通过身体来助长邪魔外道的势头、改变正邪之力量对比。

更恐怖的是，在"正道人士"看来，邪门武功有如病毒，有极强的自我传播、自我繁殖的需要。在段正明的理解中，段誉身上"吸人内力"的邪功是被段延庆恶意植入的。邪功往往充满神秘的诱惑，让习武者的身体欲罢不能。这并非全是虚言，如一旦练习吸星大法，便如身入沼泽，愈陷愈深，无法自拔。邪功还会通过身体间接影响人的精神气质，定力强如张无忌，在身体摆出圣火令邪功的姿势后，仍情不自禁地奸笑……

如此种种，更让"正道人士"坚定认为：把持好自己的"身体"，抗拒诱惑，至关重要。一旦邪术上"身"，身体便像一台被植入木马病毒的电脑，会被极端思想渗透、影响。同时还将成为一个新的传染源，不断污染江湖净土。让道德化的正派武功充满你的身体，是防止邪术渗透的最佳手段。所以，"身体"如阵地，争夺对"身体"的控制就是在争夺对抗邪魔的战略要地。

有人为了练武而摧残身体——我们就强调"身体的公共性"与"贵身"的重要性。有人将武功单纯理解成决生死的手段——我们就强调武功的道德性。不服？那你们就是邪魔外道。

这真的制止了内卷吗？

江湖，正以前所未有的速度被娴熟地"卷"成一个大花卷。

四、加剧的"内卷化"

"正邪"划分阻挡不了"内卷化"的趋势。第一个原因在于这没有改变"武功的秘密化"。

金庸江湖的武功多数不是公开的，而是被特定帮派独占并保密的。武林中并不存在一个公开的武学数据库，任由你查阅。"武功秘密化"与"武学文本的秘笈化"，是江湖的重要生态特征。

这种情况在名门正派中尤为严重，这些门派有更悠久的历史和更森严的门规，"秘密传授"的传统包袱也就更重。反倒是魔教有更强的自我传播欲望，也更倾向于将"邪术"

发扬光大。

"武功秘密化"与"武学文本的秘笈化"所导致的后果是：相同资质且同样努力的人，因占有的武学资料不同，武功修为天差地别。获取武功秘笈是何等重要！你不允许他自残肢体学习"邪术"，他便穷尽各种手段去获取名门正派的武功。你可以禁绝带有"鸡血"色彩的邪派功夫，却禁绝不了他打了"鸡血"一样去夺取正道的秘笈。

孤本武学秘笈还承担了天气预报的功能，它一旦闻世，便能预告一场腥风血雨。即使秘笈上记载的都是堂堂正正的功夫，但架不住争夺它的人不择手段，不按"道义"出牌。

所以一个奇怪的现象出现了，正道中人试图将引发"内卷"的邪派功夫扼杀，却阻挡不了正道功夫引发的一轮又一轮"内卷"。

第二个原因在于"正邪"划分带来了针对武学的更为严苛的审查。没错，为了显示"正邪"不两立，审查这件事情本身也在"内卷化"。久而久之，不仅那些"不择手段"的武功算邪术，只要你的武功不符合"武以载道"的精神，都是邪术。我不告诉你邪术的具体定义，凡我之外，皆属邪术。

华山气宗的"以气驭剑"无疑更符合传统的先固根本、本立道生的哲学精神，与此不同的剑宗自然就是"抄近路、求速成的邪途"。对于误入邪途的弟子，要像对待敌人一样残酷：重则取其性命，轻则废去武功。

第三个原因在于"正邪"划分加剧了江湖竞争。一旦因为预防"内卷"而划分正邪、敌我，就会带来一种类似施米特所谓的"紧急状态"：正道中人将始终面对一伙必须剿灭的死敌；邪派中人为了生存不惜要决一死战。在此状态下，正道中人的道德追求可以暂时放下，为了消灭魔教，偶尔"不择手段"也无可指摘。对"邪魔外道"而言，紧急状态也催生出更多残酷诡怖的手段。

久而久之，"紧急状态"可以成为你绕过江湖道义和传统规矩而胡作非为的有效借口。左冷禅立志兼并五岳剑派，首先就要强调"近年来武林中出了不少大事"，暗示目前处于"紧急状态"。因此"若非联成一派，统一号令，则来日大难，只怕不易抵挡"。一切违背传统的做法似乎便顺理成章了。按这个逻辑，左冷禅偷练辟邪剑法（尽管没练成），目的是"并派"，也是为了在紧急状态中抵挡"来日大难"。

颇具悖论色彩的一幕出现了：抵抗"邪魔外道"反而成了左冷禅修习"邪魔外道"武功的理由，对抗江湖"内卷化"成为他们进一步加剧江湖"内卷化"的说辞。

五、有尊严的身体

金庸江湖中，以"正道"自居者对抗江湖内卷的尝试，反而在不断使内卷加剧。也许更应该反思的是：人们为何会对"成为高手"如此渴望，以及为何会对"武功低微"如此忧惧。

金庸江湖是高手的天堂与庸手的噩梦。高手几乎可以获得一切，庸手可以瞬间失去一切，更是毫无尊严可言。可有志之士对抗内卷的尝试，始终都局限在"限制手段"，而不是改变背后的"武功决定论"的江湖生态。

可好的手段并不一定带来好的结果。"武以载道"未必让修成者悟道，"道德化的武功"不保证修成者一定具有道德。鸠摩智一身密教神功，圆真、张召重乃少林武当正宗，可这不妨碍他们行事卑劣，正道武功不过是他们作恶的武器。

江湖大佬们为防止"打了鸡血"的人突然战斗力爆表威胁自己的地位，便用强势话语将他们划为邪魔外道，这背后或多或少带有维护既得利益的门户之私。欧阳修谈及正统，认为"或以至公，或以大义而得之也"，"惟天下之至公大义，可以祛人之疑，而使人不得遂其私"。也许对抗内卷更为有效的手段是放弃门户之私，致力于改变"武功决定论"的江湖生态。

其中有很多事情可做。例如积极建立规范的公共秩序，谋求公道与正义，而不是任由江湖沦落至弱肉强食的自然状态。试想武林中能有一种解决纠纷、惩办凶徒的机制，让林平之申冤雪恨，他又何必冒险给自己做如此可怕的外科手术？由人际关系延伸到派系关系，如果能超越门户偏见，建立起一套约束帮派间交往的硬性规则，小帮派就能获得安全感，大帮派也将收起并吞天下的野心，辟邪剑法便再无用武之地。

江湖公道与正义的关键在于维护普通人的权利与尊严。如果"人有尊严"成为一种深入人心的江湖共识，任我行在折辱麾下群豪时、岳老三在扭断进喜儿的脖子时、洪安通在听取如潮水般的谀辞时，他们也许或多或少会生出些心理障碍。

维护普通人的权利与尊严，实质是把有尊严的"身体"还给自己。身体既不应该成为武学竞赛的代价，也不应该成为"正邪"相争的公共阵地。

事实上，不改变强者通吃的江湖生态，名门正派擅长的"强势话语判定正邪"这件事情也将无以为继。即使你这套话语暂时是强势的，可当有一天，对方的话语比你更强势，他们会用更大的声音把"正邪"划分颠倒过来。"正邪"的判定，最终会沦为一场看谁嗓门更大的无聊游戏。少林寺半山亭中的一幕始终令人难忘。一群随时会被师父做成腐尸的星宿门人，竟呐喊出了震彻云霄的强音：

> 天下武林，都是源出于我星宿一派，只有星宿派的武功，才是真正正统，此外尽是邪魔外道。

大侠的户口本与遍布江湖的"电子眼"

一、入局：江湖中的编户齐民

在《射雕英雄传》和《神雕侠侣》中，给武林人物查户口是个比较困难的事情。查户口需要通过单位、社区、学校，可那时候很多人是没有组织的。

有几个人能准确说出沙通天、梁子翁、彭连虎，以及尹克西、潇湘子这些人的师承门派？他们或给完颜洪烈打工，或在忽必烈麾下做事，但均是兼职，没有签订固定的劳动合同，更不要说建立什么身心归属了。不满意拍拍屁股就走了，你找不着他们的固定单位。

至于江南七怪，顶多算个同乡会或者驴友组合，东跨大海、北赴大漠，说走就走。你指望去嘉兴烟雨楼附近的街道办事处查他们的来历？不可能。

放眼当时的整个江湖，除了丐帮、全真教，以及那个风流云散的铁掌帮，你还能说出什么印象深刻的帮派吗？桃花岛和白驼山远不及"东邪西毒"的名头大。古墓派四代加起来人数都是个位数，论名气，还远不及李莫愁的血掌印和杨过那只雕。郭靖和辞去帮主职务的黄蓉是什么门派？谁也说不清楚。丐帮大概率是没有保留退休帮主的编制。"射雕"和"神雕"时代，"人物"是优先于"帮派建制"而存在的。

但是到了《倚天屠龙记》时代，查户口会方便很多。江湖已经发生了重大的变化，形成了六大门派、丐帮与明教及其分支相对峙的格局。此外，巨鲸帮、神拳门、海沙派、三门帮、巫山帮、五凤刀、断魂枪等小帮派林立……大帮派制度完整、已传承数代；小帮派在编人数众多，有业务、有声名，影响力不小。

帮派，已经取代个人，成为江湖的基本单位。一个人的帮派身份是优先于个人身份的。什么铁的琴、钢的琴，哪有"昆仑掌门"来得响亮？关能、唐文亮的名字谁能记住？但一说"崆峒五老"，书里书外，大概无人不知。

在创作时间和故事背景更晚的《笑傲江湖》中，这种情况更为明显。无论是惊天动地的武林怪杰，还是犄角旮旯里的草莽豪雄，几乎无不在帮派教门之中，无不受制于单位的规章制度。套用一句卢梭的名言：江湖人生而自由，却时时都在单位之中。

这时候，查户口就容易多了。通过帮会单位或师承门派，你的社会关系和个人信息一下子就全都能查出来。更重要的是，你在江湖上的权利、义务，则全部包含在帮派教门的组织章程之中。你本人"深度嵌入"这个单位，你的世界观、行事风格要符合单位的价值理念。你选择什么样的配偶，结交什么样的朋友，都要向掌门汇报，经过上级审查。否则，"为美色所误""结交匪人"这些帽子就会像达摩克利斯之剑一样挂在你脑门上。

一个以自由侠客为主的江湖，变成一个帮派林立的江湖，这个过程可以视作缓慢的"编户齐民"过程。多数武林人物被赋予了身份属性，打上了组织的烙印。

当然也有一些人没有加入帮派，也就没有身份属性。就像是没有户口的人，或许极少部分富贵已极，可以毫不在乎；但缺失了这层身份属性，大多数人会非常凄惨。

阿珂姐妹去少林寺生事，惹出幺蛾子，少林众高僧首先要研究她们的师承门派，以此作为评估事态发展的依据。如果对手没有门派，"事情便易办了""便无后患"。少林群僧慈悲为怀，不会下狠手。但更多的时候，对手知道你没有门派，便会"杀心顿起""杀心大盛"。

你缺失了帮派带给你的身份属性，权利和义务便处在了一个真空地带。杀死一个在江湖上没有师承门派的人，就像杀死一个从未存在的人。

二、整合：家国大义与例外状态的营造

卢梭在《社会契约论》第一章开篇就讲："人是生而自由的，却无往不在枷锁之中……这种变化是怎样形成的，我不清楚。是什么才使这种变化成为合法的？我自信能够解答这个问题。"

借用卢梭的句式：金庸江湖的"编户齐民"是怎样形成的？俺也不清楚。但什么使得江湖力量不断进行整合，并最终使得"编户齐民"获得正当性？没那么有"自信"的我，也可以试试解答这个问题。

事实上，如果不把林立的帮派整合成一个大的整体，很难说完成了江湖上的"编户齐民"。那充其量只能说是丛林法则下的黑社会混战。在金庸江湖中，对各大帮派进行权力整合的重要行动，大概有三组。

大家首先能想到的，其实是最不成功的一组，也是最不值得一提的一组。那就是《笑傲江湖》中左冷禅、岳不群的并派之举和任我行一统江湖的系列尝试。之所以说最不成功、不值一提，是因为这一系列整合，缺少一种意识形态叙事作

为正当性的支撑。左冷禅的霸道、岳不群的虚伪、任我行的蛮狠都是写在脸上的,谁会相信"并派"是正义之举?

其实在更早之前的《倚天屠龙记》时代,江湖中有过较为成功的大规模帮派整合。这组整合以六大门派围攻光明顶开始,以少林寺大会天下英雄归心明教为结束,最终基本实现了全国范围内江湖组织的有效整合。若不是张无忌横空插一杠子,六大门派围攻光明顶其实是一次非常有效的多帮派集体行动,这次集体行动有着重要的意识形态支持,那就是"正邪不两立",为了"铲除魔教"而进行资源整合,并群策群力。

到了少林寺大会后,天下英雄归心明教,一种比"正邪之辨"更有说服力的正当性理由凸显出来,那就是抗击元朝、恢复中原的"家国大义"叙事。

"正邪之辨"高于六大门派的利益,所以这个理由可以统摄六大门派进行集体行动;"家国大义"则高于江湖中的一切,甚至高于"正邪之辨",因此,所有单位组织要整合在这样一个目的之下。

在《鹿鼎记》的组织整合中,政治理由成为更纯粹和更单一的理由。这次整合就是"杀龟大会"上十八省"锄奸盟"的成立。为惩处"大汉奸"吴三桂、完成恢复河山的反清大业,"杀龟大会"对各帮派组织进行了整合。虽说联盟不会影响各帮派的权力独立性，但这次整合范围之广、整合程度之深，是前所未有的。整合范围囊括了全国大部分地区，并延伸到十八行省内部，设立了省级的盟主。早已被纳入各个帮派组织中的江湖群豪，又被纳入一个前所未有的宏大、细密的联盟网络中。

时代	系列事件	正当性理由	后果
《倚天屠龙记》	六大门派策划剿灭明教	正邪之辨	形成了集体行动
	少林寺大会	家国大义	基本实现了江湖组织的整合
《笑傲江湖》	左冷禅、岳不群并派	缺少充足的正当性理由	失败
	任我行试图一统江湖		
《鹿鼎记》	"杀龟大会"与十八省"锄奸盟"的建立	家国大义	实现了更大范围、更深层次的江湖组织的整合

如果说当年郭靖时代，大家守卫襄阳仅仅是受到理想的感召，那么此时江湖群豪反清锄奸，则是在怀有理想的同时实实在在感受到了组织的力量。

在左冷禅那次不成功的并派中，他说出了一个很值得玩味的词——"来日大难"。你不进行组织整合，抵挡不了"来日大难"。

以此延伸，无论你强调"正邪不两立"还是"胡汉不两立"，都是在强调敌我矛盾的尖锐和事态的紧急，强调江湖进入了一个所谓的"例外状态"。何谓"例外状态"？这是施米特、阿甘本经常用到的一个概念。在《政治的神学》中，施米特开篇就谈到"例外状态"是没被纳入现行法制框架中的东西，常指一种威胁到国家生死存亡的极端危险状态。怎么办？施米特告诉你，这种时候只能搁置法制，由主权者以非常之举进行非常处置。

放到江湖上，就是说，有人会不断告诉你：面临"来日大难"、面临越来越严重的魔教威胁和越来越艰难的恢复河山的重任，靠以前那种日常状态下的帮派自治，已经行不通了。所谓非常之举，就是要停止这种原子化的帮派状态，进行大规模权力整合。

但例外状态是个有点模糊的概念。你说紧急，我觉得不紧急，谁来判定？施米特说由主权决定。在江湖上，这个问题往往由占据了道德制高点、掌握了"正邪不两立"和"家国大义"话语权的一方来决定。

随着这类话语的重要性被不断强调，例外状态也被越来越多地造出来。于是，组织权力的深度整合，成为"不得不做"的事情。个体和帮派对自身权利的不断让出，也成为"应该要做"的事情。反过来，例外状态的营造，又进一步凸显了"家国大义"这些话语的重要性。

于是，整个江湖形成了这样一种格局："家国大义"的正当理由居于最高，并以此延伸出一张张网络，是为联盟机构。在这个网络中，是大大小小的帮派。裹在帮派内的，则是一个个江湖人。他们不仅获得了帮派的身份，还获得了"家国大义"赋予他们的联盟身份。

金庸江湖的"编户齐民"，获得了正当性理由，也真正在武林中得以实现。查户口变得快捷又方便。

三、审视：被植入的武功芯片与卖力的表演

整合之后，还有一个管理的问题。

江湖人有了身份属性，却没有大数据、电子眼，你在道上走，谁知道你是谁？

其实，当帮派成为武林基本单位之后，你只要加入这个帮派、习得了他家的武功，你的内力、身法、步伐、招式，便被深深地打上了门派烙印，等于是一个具有单位特色的武功芯片植入了你的体内。

谁来读取呢？每个帮派的基础武学资源，更像被存入了一个共通的数据库，多数高手都能够根据这些数据对你的身份进行一般性的辨识。至于能够隐藏自己内力身法的高手，是少之又少。这就像去刻意躲避电子监控的极少数人，一来

"别有用心",二来成功的概率极小。

因此,你在人前动手,几乎等同于亮出了自己的电子证照。即便不动手,举手投足之间,还是会被分辨率更高的电子眼(功力更高的高手)识别出你的个人信息。我不动,我睡觉总行吧?谢逊能够通过人们睡眠时呼吸的声音,分辨你的武功来源……

江湖之上,高手如云。除了识别你的武功芯片,他们有各种各样来无影、去无踪的侦查手段。刘正风和谁交朋友尽在左冷禅掌握之中。至于海沙派在余姚、海门如何害人,巨鲸帮在闽江口又是如何滥杀无辜,神拳门掌门又是如何逼死嫡亲嫂子,谢逊如数家珍。所有背人的隐秘之事,高手想要知道,可以精确地掌握所有细节。

更有甚者,江湖上还流传起种种关于"大人物能够洞悉一切"的神话。大家称赞洪教主"无所不知、无所不晓",称赞星宿老仙"洞察过去未来",这虽是阿谀奉承之辞,但也确有教众和江湖人物对这些大人物"无所不知"的能力深信不疑。他们深信大人物只要愿意,可以读取所有人的身份芯片,洞悉所有江湖人物的小动作。

这种情况倒有点像边沁提出、福柯阐释过的"全景式监狱"。所有囚室呈环形拱绕在中心塔楼周围。监视者未必时刻盯着你,但只要想看,所有囚室都一览无余。每个人不知道何时被盯着，所以也就感觉无时无刻不被盯着。

　　当然金庸江湖也与"全景式监狱"并不完全一样，因为这里没有一个清晰的"中心监视者"的角色。你可能被每个人监视，当然最终制约你的，是帮派规章，是更高高在上的"家国大义"和"正邪之辨"的正当性理由。但那种时刻被读取所有信息、时刻处于注视下的感觉，是相同的。

　　在这种压力下，江湖人快意恩仇的空间被空前地压缩。更为严重的是，江湖中的群体性心态会发生很大的变化。

　　越是在聚光灯下，越要表现自己的人设。你有门派、有单位，你可能时刻被注视着。所以，每个人都要卖力地表现对"家国大义"和"正邪之辨"这些最高理由的忠诚；每个人都要竭尽全力表达对魔教和所谓"鞑子"的愤恨，以及像患有强迫症一样去敏感地寻找那些有不忠诚迹象的人。

　　在正派与魔教之间、在中原武林与所谓的"鞑子"之间，原本有广阔的中间地带和众多的其他选项。那里有人情、常识，有许许多多日常情感。可这些，都被瞠裂的目眦和冲冠的怒发取代，都被高涨的情绪慢慢淹没。

　　每个人都在"正当性理由"下被注视，每个被注视的人都要表现出对"正当性理由"的认同。于是，正邪之辨和家国大义变成越来越锋利的叙事，而铲除邪魔、为家国锄奸则成为唯一的声音。

"杀龟大会"上，群雄满怀愤恨，齐声喊出"吴三桂"三个字，"当真便如雷轰一般，声震群山"。此时，其他的声音大概什么也听不见了。

人物

江湖侠骨已无多

插兄弟一刀的郭大侠

一、四次灵魂之问

老婆和老妈掉水里先救谁？这样无聊的问题，普通人一辈子也遇不到几次，可郭靖却时不时遭遇类似的灵魂之问。

第一个拷问由成吉思汗率先砸来，他把刀往李萍脖子上一架：要么乖乖地率军灭宋，要么把你娘砍了。

母亲和母邦，你应该救哪一个？

忠孝难两全，李萍用生命为郭靖做了选择，使他脱离了道德困境。

谁料想，紧接着时局又砸来第二个难题：情同手足的结义兄弟拖雷要南侵襄阳，该不该为了"大义"暗杀兄弟？郭靖思想斗争了几个时辰，坐卧难安。自己究竟要不要作出一个"违背祖宗的决定"？

　　那时候的郭靖犹是青涩少年。"神雕"时代，时过境迁，靖儿已化身郭伯伯，乃是身经百战的钢铁巨侠。他仍然会遇到新的灵魂拷问，不过已经毫不纠结。

　　女儿滥伤无辜，砍人胳膊，是选择女儿还是道义？

　　郭大侠干脆利落地用教科书般的大义灭亲言辞做了选择："你斩断人家一臂，我也斩断你一臂。你爹爹一生正直，绝不敢徇私妄为，庇护女儿。"淑女剑青光闪烁，一副分分钟要把女儿砍成九难师太的架势。

　　金轮法王拿住他小女儿作为人质进行威胁，要他以身相代，变相要他弃守襄阳。是选择女儿的生命还是选择保全大宋门户？

　　郭靖"心中痛惜"，却毫不犹豫，鼓励女儿要"慷慨就义、不可害怕"，如此才是"大宋的好女儿"。烫手的山芋抛给了对方，反而令扮演"行凶者"角色的金轮法王纠结不已、左右为难。

　　这四个难题均涉及"亲情"与"原则"之间的取舍，但选择的难易程度并不一样。

　　第一个和第四个难题，其发生情景近似匪徒劫持人质。面对这种事情，作出"合情"的选择很难，但作出"合理"的选择却不难，那就是不向匪徒屈服。尽管这可能会让当事人承受严重的代价。

第三个难题，可以在古代侠客养成手册上找到类似的案例和解题教程。汉朝大侠郭解威名远扬，他亲外甥仗势欺人，硬灌人酒，对方将他刺死。知道真相的郭解却说"公杀之固当，吾儿不直"，表示责任全在我方。江湖中自然一片叫好："诸公闻之，皆多解之义，益附焉。"

作为"侠之大者"的郭靖，时人认为他是超越郭解的，满腹经纶的朱子柳更是在华山上大拍马屁，说郭靖"决非古时朱家、郭解辈逞一时之勇所能及"。自然，郭靖不可能比不上郭解的觉悟。

真正困难的选择，其实是第二个：该不该为了保全襄阳，暗杀结义兄弟拖雷？

二、刺杀安答的理由

兄弟和兄弟，并不相同。

如果不把插科打诨的老顽童算进去，郭靖正儿八经的兄弟有两个，一个杨康，一个拖雷。借用哈贝马斯阐释集体认同时的一个说法，杨康这个兄弟是"现成的"，拖雷这个兄弟是"做成的"。"现成的"兄弟没得选，不管是否志趣相投、是否三观相近，你们出生之前就被指腹为兄弟。甚至连名字都被丘处机早早组合在了一起。"靖康"二字沉浸着多少家国之悲，似乎你们不当兄弟都对不起这段惨痛的历史记忆。

但"做成的"兄弟则不同。郭靖和拖雷一起玩闹、一起成长、一起出生入死，虽然早早就结为"安答"，但"安答"二字的含义却是随着二人的共同经历逐渐丰富并真切起来的。

两个兄弟一个金国小王爷，一个蒙古四王子。对于忠于母邦大宋的郭靖来说，二人都是政治上潜在的敌人。但他们对郭靖的态度完全不同。拖雷和郭靖肝胆相照，他对郭靖的感情真挚无比，胜过同胞兄弟；杨康则时不时用用阴谋诡计，给郭靖使使绊子，甚至害死郭靖的至亲师父，还想置郭靖于死地。

郭靖对杨康可谓仁至义尽。活时管劝，死了管埋，还要负责他遗腹子的教育、求学、成材、婚恋以及思想动态问题。着实为这个不成器的兄弟操碎了心。

拖雷对郭靖的情谊是超越政治阵营的。在双方成为死敌之后，拖雷仍甘冒奇险，违背父令，救郭靖脱困。他也算是攻城略地、杀人无算的骁勇猛将，可望着郭靖的背影渐渐消失，竟"怅望南天，悄立良久，这才郁郁而回"。对"安答"的义气与深情，让铁血直男秒变文艺青年。后来两人最终在襄阳城下兵戎相见，拖雷却想着"我与他情若骨肉，岂能伤了结义之情？"

面对这样一位情同手足的兄弟，郭靖却像电视广告里的冒牌"神医"一样，思想斗争了很久，最终作出一个决定：暗杀拖雷。

郭靖决定暗杀拖雷的理由当然是为了保卫襄阳。襄阳是大宋门户，守住襄阳就是守住了大宋母邦。郭靖虽非在汉地长大，但在李萍和江南诸怪日日不倦的教育下，"胡汉""夷夏""靖康之耻""直捣黄龙"这些概念和意象早已成为他脑海中最生动的图景，远比他亲历的草原牧场、牛羊、蒙古包更有生命力。事实上，杀不杀拖雷，正是在"母邦的政治与文化图景"和"亲历的人生图景"中选择哪个的问题。在郭靖反出蒙古大营的那一刻，他早就作出了坚定的选择。

但拖雷不仅仅是一个记忆中浮光掠影的图景，他毕竟是个活生生的人、活生生的兄弟。刺杀他，还必须有更充足的理由。仅仅为了对于母邦的文化情感和政治认同，就把自己的兄弟"非人化"，当成一个敌对的符号干掉，这是说不过去的。

事实上，郭靖的理由除了"国"之外，更重要的是，还有"民"。他在进行思想斗争的时候，真正刺激他神经的是城中百姓的哭声，真正让他忧惧的是"蒙古军屠城血洗之惨"。他担心城破之日，"城中只怕更无一个活着的大宋臣民"。因此，他作出暗杀至亲"安答"的决定，不是为了忠

于哪个阵营，不是为了临安是否姓赵，而是为了千千万万
鲜活的生命。于是，郭靖大义灭亲的大"义"，有了更为真
实丰富的道德内容。

三、"侠之大者"的原初含义

如果说为国为民、家国大义构成了侠之大者的内涵，那
么侠客们日常所看重的种种江湖价值便属于"侠之小者"的
范畴。"行侠仗义、济人困厄"是，朋友兄弟之义当然更加是。
连韦小宝都天天挂在嘴上："做人不讲义气，不算乌龟王八蛋
算甚么？"

郭靖所面临的困境，正是在"侠之大者"与"侠之小者"
之间的抉择。杀拖雷愧于后者，不杀拖雷则于前者有亏。

郭靖选择了"侠之大者"。可这个抉择并不轻松。"侠之
大者"的内涵很多样，而郭靖所看重的，是哭声震天的百姓，
是千千万万条鲜活的生命——这正是"侠之大者"的逻辑起
点和原初含义，也是"侠之大者"最有价值的部分。

"侠之大者"是由"侠之小者"发展而来的。"侠之小者"
讲兄弟义，讲济人困厄，他们诛杀的是江湖恶霸；而"侠
之大者"正是把这些价值放大，把救助的对象推及了众多的
人，甚至所有的人，即天下的苍生。他们抵抗征服者和屠杀

者的目的，就是要使黎民百姓免遭兵燹之厄。

遗憾的是，尽管几乎所有的江湖大侠都可以条件反射一般高喊"大节"重于"小义"，但不是每一个人都能记得"侠之大者"的原初含义。

在沐王府白氏兄弟和徐天川看来，"拥唐"与"拥桂"之争，事关王朝正朔、尊尊与正名，乃是大节之所在。再往大了吹，更是事关反清复明、亿兆生民的大业，马虎不得。双方作为反清义士、江湖同道之间那点"义"，不过是"小义"。在他们脑海里，"捍卫正统而战"与"顾念同道之谊"之间的取舍，也是一次"侠之大者"与"侠之小者"两种价值观的遭遇和碰撞。他们决定下死手弄死对方的同时，内心一定充斥着大义凛然的自我感动。

安史之乱时，张巡、许远困守睢阳抵抗叛军，城中食尽，能吃的都吃掉了，于是杀爱妾、杀奴仆、杀老百姓来给兵士吃："巡出爱妾，杀以食士，远亦杀其奴；然后括城中妇人食之；既尽，继以男子老弱。人知必死，莫有叛者，所馀才四百人。"在张巡等人看来，大唐江山社稷，才是大节之所在；自己的爱妾、奴仆，满城黎民性命，不过是小情怀。庆幸郭靖不会炖了黄蓉，也不会杀尽襄阳百姓充当军粮。庆幸"射雕"与"神雕"的世界，不会如此荒诞和悲凉。

在郭靖的天平上，"侠之大者"确实胜过了"侠之小者"。

但他的理解始终没有把二者割裂开来。可惜更多人只记得前者必须压倒后者，却遗忘了二者原本具有共通的价值。郭靖镇守襄阳大半辈子，虽然常说"大宋好男儿""大宋好女儿"，但更常说的是"满城百姓""千万百姓"。这句"百姓"才是"侠之大者"真正的价值基础。可惜更多的江湖豪侠忽略了后者，只记得前者。于是，"侠之大者"丧失了它最鲜活的内容，变成了一副抽象的道德枷锁。

四、令人遗憾的"不悲伤"

郭靖在"满城百姓"和"兄弟拖雷"之间选择前者，有充足的道德理由。但这不意味着"暗杀"就是一个值得称道的方式，也不意味着郭靖的做法无可指摘。

这一行动，能否达到目的，是值得怀疑的。

辛亥革命前后，一度非常流行"暗杀"，社会上有形形色色的暗杀团体，不少革命者非常热衷于此道。后来，陈独秀专门撰写文章，对"暗杀"进行了深刻的反思："暗杀是第一谬误的方法，因为善与恶都是社会的关系、阶级的关系，暗杀者之理想，只看见个人，不看见社会与阶级"，"暗杀只是一种个人浪漫的奇迹，不是科学的革命运动"。

郭靖和辛亥前后的暗杀者所犯的共同谬误都是将社会历

史命运寄希望于"个人浪漫的奇迹"。江山存亡、宋室安危、胡汉气数，似乎凭借拖雷的一个人头就能统统改变。这显然并不现实。

具体到襄阳满城百姓的性命，真的能靠暗杀拖雷得以保全吗？只怕也是未必。杨过击杀一个蒙哥可以暂保襄阳，为什么郭靖暗杀拖雷却"未必"？我们不妨把两件事做一个简单的比较。

无论是史书中蒙哥丧生于合州钓鱼城外，还是《神雕侠侣》中被击杀于襄阳城下，大军旋即撤走的一个重要前提是双方鏖战多时，蒙古兵却不能破城。与此类似的是宋辽澶州之战中，辽对澶州亦是久攻不克，主将萧挞凛被宋军击杀，辽军军心涣散，最终双方议和。吃不掉、攻不克、战不胜，师老兵疲，再加上死了主帅，难免要撤兵。郭靖决定暗杀拖雷的时刻，情况与此完全不同。那时蒙古兵锋正盛，势如摧枯拉朽，完全不存在士气低迷的可能。主帅莫名其妙丢了人头，反倒会激起蒙古大军的敌忾之心，战事也许更加惨烈。

此外，按照金庸的设定，蒙哥是在千军万马厮杀的沙场上在众目睽睽之下被杨过击杀，这对两军士气有直接的影响；郭靖所采取的"暗杀"，即使成功，也绝起不到这种"示众"的效果。

更为关键的是，蒙哥贵为"大汗"，死后大家要争夺汗位，顾不上南征。拖雷仅仅是方面军统帅，他死后，不会有什么权力真空期，蒙古大军在短暂休整和将帅调整后，多半会进行更大规模的入侵。成吉思汗为报爱子的血海深仇，很可能会对大宋进行更为血腥和残酷的军事报复。

两国争锋，除了你死我活、兵戎相见之外，还有议和、谈判等多种外交手段发挥作用。"暗杀"对方首脑这一方式的出现，很可能会彻底葬送那些非战争的斡旋方式，尸山血海成为唯一的结果。当然我们从事后诸葛亮的角度来看，征服者的征服意志并非外交手段可以改变的，但如能通过种种斡旋，迎来战争缓冲期，使襄阳获得备战时间却是有必要的。

"暗杀拖雷"和"拯救襄阳满城百姓"之间，不能完全画等号，二者的因果关系非常微弱。一边是最亲的兄弟，另一边是千千万万的生命，但两件事并不一定分处在同一个天平的秤杆两端。杀死兄弟就能救得千千万万生命的可能性非常微小。那么，为了一个仅仅具有微小可能性的后果，就刺死自己一起长大的兄弟，郭靖的决定是否太过草率？

两个人即使相杀，也应该在战场上相杀。虽为"安答"，却各自怀着自己的信仰，最终光明磊落，拼杀而死。美好的兄弟之情在悲怆的战鼓和苍凉的号角声中与夕阳一同落幕，才是这对兄弟该有的归宿。可这是一场不对等的对决，胜负

几乎没有悬念。一方是灭国无数的雄壮铁骑，一方是队伍散
乱的南朝士卒。暗杀是仅有的有一丝丝胜算的手段。

　　当混进拖雷营帐准备行刺的时候，郭靖突然听到拖雷因
顾念兄弟之情，一直念叨"郭靖，安答"。但对于已经进入
敌我对立状态、自觉代入闯入者角色的郭靖而言，这一声"安
答"却让他有行踪已经暴露的错觉。这使得兄弟相残的肃穆
悲剧，突然有了几分辛辣的讽刺意味。

　　处在历史旋涡中的人物，每做出一项重大抉择，可能都
会付出沉重的情感代价。我更希望郭靖把自己的抉择理解成
千难万苦所得出的"不得不"，而不是顺理成章的"该如此"。
作出选择之后，他原该更加悲伤。

　　可惜的是，郭靖多年后回忆起这段往事，竟是侃侃而谈、
毫不难过。"我曾起意行刺义兄，以退敌军"，"古人大义灭
亲，亲尚可灭，何况友朋"。"神雕"时代的郭大侠意志坚定，
大义凛然。沙场上长风如刀，早已把他内心最柔软的部分
塑成磐石。

　　多年之后，蒙哥汗被杨过击杀，襄阳满城欢喜。郭靖也
是喜不自胜。击杀一人而救得满城百姓性命，大宋国祚得以
暂时保全，郭靖当然应该欣喜。但这个故事还有另外一种讲
法：郭靖的一个结义兄弟的儿子，杀了另外一个结义兄弟的

儿子。击杀确实是万不得已，理由充足而正当。但被击杀的，是郭靖最亲的兄弟的长子，这也是无法改变的事实。但故事的这种讲法，早已被襄阳城中庆祝胜利的锣鼓和悼念死难者的哭声所掩盖。

　　当客散酒醒、欢呼渐歇，郭靖追忆前尘往事，是否会不经意间想起拖雷？是否会在庆祝胜利的欣喜眼神中流露出一丝丝悲伤？

"不义之忠"和"不忠之义"间的慕容四家臣

一、道义和死忠

一个坏老板，未必招不到忠心耿耿的杰出员工。自古以来，不乏这样的例子。

春秋末期晋国权力最大的智襄子虽"不行仁义""侵地而灭"，但他手下的豫让却有国士之风，甘为知己而死。三国时的袁绍"性矜愎自高，短于从善"，属于摸了一手王炸好牌还能输得精光的典型，可他手下却有田丰、沮授这样既长于韬略又极有风骨的谋臣。

《天龙八部》中也有这样一组老板和员工，他们之间关于"忠诚"的纠葛却远比历史人物复杂。

慕容复虽一表人才，但算不上什么正面角色。在他眼中虚无缥缈的王霸雄图、功名事业，比什么都重要。为了达成荒诞的大燕复国计划，他可以违背种种道义，抛弃青梅竹马的表妹、刺死嫡亲舅母、拜大恶人段延庆为义父，可谓薄情寡义、毫无廉耻、心狠手辣。最终心魔让一个有为青年变成了坐在土坟上喃喃不休的重度精神病患者。

他父亲慕容博出场不多，但同样手段残忍，为达成复国目的，不择手段。如多次挑拨大国关系，不惜牺牲无辜，以浑水摸鱼、从中得利。萧峰全家便是其中的受害者。与儿子唯一不同的是，父亲更加老谋深算，恶迹更加隐蔽。我们从慕容博对儿子的叮嘱之中，就能看清这对父子的真实面目："除了中兴大燕，天下更无别般大事，若是为了兴复大业，父兄可弑，子弟可杀，至亲好友更可割舍，至于男女情爱，越加不必放在心上。"

这样一对"坏老板"父子，却有四个忠心耿耿的家臣：邓百川、公冶乾、包不同、风波恶。关键是这四人不仅忠心，且皆风采过人、骨气轩昂，有名士、豪杰色彩。公冶乾慷慨好义、豪迈善饮；风波恶虽好勇斗狠，但决不恃强凌弱，是非分明、直爽重义。连萧峰都对二人评价极高。包不同为人诙谐，待人简傲，可光明磊落、为人潇洒。邓百川相对沉稳，虽不如三位兄弟个性鲜明，但三观却相差不远。

员工的优秀，也让老板跟着沾了光。丐帮副帮主马大元惨死，帮众高度怀疑凶手是慕容复，萧峰却力排众议，为其辩护。他并不熟悉慕容复，但认为既然"公冶乾豪迈过人、风波恶是非分明、包不同潇洒自如"，"物以类聚、人以群分……慕容公子相交相处的都是这么一干人，他自己能是卑鄙无耻之徒么？"员工一个个风采过人，老板自然也不会是坏人。

可问题来了。

四位家臣对慕容家族的忠诚是发自肺腑的，这毋庸置疑。他们有自己的道义追求、原则坚守，这也无可怀疑。可慕容家族向来不讲什么讲道义、原则，这两件事难免会有矛盾。在这种情况下，四家臣该如何践行"忠诚"？

四位家臣效忠慕容氏的表面原因，是遵循历史传统。书中提到包不同"数代跟随慕容氏，是他家忠心耿耿的部曲"，新修版专门强调，四人"数代以来均为慕容氏的家臣"。但"遵循传统"绝不是他们效忠的唯一原因。

慕容复杀死包不同后曾提及"当年家父待三位不错，三位亦曾答允家父，尽心竭力的辅佐"，邓百川也说"我们确曾向老先生立誓，此生决意尽心竭力，辅佐公子兴复大燕、光大慕容氏之名"。

这里可以看出四人对慕容家族的效忠，不仅仅是传统给出的一个现成的选择，也是他们有感于慕容博的恩义或个人魅力而作出的自愿的选择。慕容博虽"恶"，但他老谋深算，劣迹隐而不彰，武功超凡入圣、谋略见识俱是第一流，又仗义疏财、喜结交豪杰，还有一个背负国恨家仇的传奇身世和誓要复国的励志故事，简直打造出了孟尝君加龙妈丹妮莉丝*的双重人设，四家臣为之折服也就不足为奇了。

四家臣守道义、讲原则，是非分明、风骨凛然，可以说近乎儒侠。传统儒家的忠，是有条件的："君使臣以礼，臣事君以忠。"忠诚的首要原则是道义，而道义一旦与忠诚发生冲突，道义是居于首位的："所谓大臣者，以道事君，不可则止。"但"已诺必诚"、效忠于固定的对象，在四家臣那里同样是一种美德，所以他们必须"事上竭忠"，这种尽心竭力的效忠，近乎我们今天说的"死忠"，就像粉丝对"爱豆"的爱，一旦讲原则谈条件，就不是真爱了。

英国历史学家史怀梅在分析整理中国历史上种种类型的"忠"的时候，将理想主义型的"忠"和等级差异型的"忠"视为概念谱系的对立两极：前者并不明确忠于哪个对象，而是忠于具有超越性的权威"道"；后者强调对个别对象独一无二的效忠。心怀"道义"和"死忠"的四家臣，恰恰同时怀着这两种可能存在对立的"忠"。这就像揣着两块相斥的吸铁石，两个东西时不时就会发生冲撞。

---

* 《冰与火之歌》中的女主人公，一位前朝公主，以复国为己任。

二、身份转变与意见分歧

他们对忠诚的理解和践行，可以划分为不同的几个阶段。

慕容博在世（假死之前）时，四家臣对主公基本上是无理由、无质疑的死忠。一个公司的老板如果是克里斯马型的人物，能力超凡，魅力十足，员工在公司事务上往往因敬仰老板而对其无条件忠诚。慕容博武功造诣、阅历谋略无不远在四家臣之上，四家臣对其敬仰之余，很难想到用其他标准来审视、评判主公的作为。此时四家臣对慕容博的忠诚，就像美国政治学家朱迪丝·施克莱所界定的"政治忠诚"，是一种强烈的情感表达，而非理性呈现，也就意味着不会有任何反思性。

但这一切在慕容博突然诈死、退出江湖之后，发生了改变。面对少主慕容复，四家臣不再仅仅以家臣自居。自我身份认知的变化导致了对忠诚理解的转变。

慕容博曾要四家臣"辅佐"慕容复，四家臣也以此为己任。但"辅佐"二字意味着，四家臣对于慕容复而言，不再是普通下属，而是顾命之臣。邓百川等人看待慕容复，除了是属下看待上司之外，还有一层诸葛亮看待刘禅、霍光看待汉昭帝，甚至鳌拜看待康熙的意味在。"辅佐"也表明，四家臣不再无条件服从主公的任何命令，更应该在维护主公利益的基础上，对他的行为进行匡正、扶助。

　　这种自我身份认知的变化，当然不仅仅源于慕容博的一句"辅佐"。关键在于，慕容复的个人能力远远不能和乃父相比。他虽然武功高过四家臣，但年纪太轻、江湖阅历不足。四家臣年纪均是中年以上甚至接近老年，其中邓百川、公冶乾更是阅历丰富、睿智过人的老江湖。既出于对少主的爱护，又出于对老主公承诺的信守，他们打心眼里愿意以自己对江湖的理解来指导慕容复的人生。

　　但毕竟有君臣之别、上下之分，四家臣仍是以臣属自居，也不敢真的自认为是慕容复的"尚父"。对这位少主的尊敬和该尽的礼数，是一点也没少。这是一种奇特的关系：你是我的少主人，我要服从你、尊敬你；但我又想做你的老师，想时时刻刻指导你。拿什么指导你呢？仅凭江湖经验显然还不够，这就是道义。于是，四家臣的忠诚成分，有了变化：在绝对死忠的树根之上，萌发出了道义的芽苗。

　　这从四家臣和慕容复的几次意见分歧中可以很清楚地看出来。

　　第一次分歧，发生在三十六洞洞主、七十二岛岛主阴谋反叛天山童姥的万仙大会上。慕容复等人误打误撞，闯入此次大会现场，引发了一系列冲突。矛盾暂时化解后，邓百川坚持认为这些人多是邪魔外道，"殊非良善之辈"，不能与之结交。但慕容复却不管什么良善不良善，复国大业就是他的最高良善。管他是阿猫阿狗还是臭鱼烂虾，既然对方人多势众，就不妨与之结交，以收揽人心、助力自己宏大复国理想的实现。所以他竟对这些前一刻还在与之剧斗的洞主岛主们说出这样一番肺腑之言：

> 在下见到诸位武功高强，慷慨仗义，心下更是钦佩得紧，有心要结交这许多朋友。其实呢，诸位杀敌诛恶，也不一定需在下相助，但既交上了众位朋友，大伙儿今后有生之年，始终祸福与共，患难相助，慕容复供各位差遣便了。

"祸福与共，患难相助"这些话一出来，一众洞主岛主"采声雷动""鼓掌叫好"。四家臣当然是"尽皆愕然"，但出于服从主公的习惯，选择了沉默。

包不同则试图以开脑洞的方式来弥合道义和死忠之间这道明显的裂纹。他暗示自己：慕容复的做法"当然另有用意，只不过我一时不懂而已"。这里的潜台词是：公子爷的做法看似不符合道义，但这种"不符合"只是我的粗浅认知；公子爷有更深层次的合道义性考量，是超出了我的理解能力的。因此，遵从公子爷的决定，并不违背道义。

同样在此次大会上，另外一个分歧接踵而至。这次分歧
给忠诚造成的裂痕，就不是包不同靠一厢情愿的奇思妙想所
能弥合得了的了。

事情的起因是一众洞主岛主决定杀一名从天山童姥宫中
掳来的女童以歃血为盟，坚定反叛之心。杀害无辜女童，是
江湖道义所不能允许的。在场的段誉提出异议，并恳求慕容
复救此女童。慕容复念念不忘的只是如何讨好众洞主岛主，
作为精锐之师收为己用，根本不在乎有没有滥杀无辜。邓百
川等人显然更重道义，但他们必须服从主公，不便插手，在
拒绝救人提议之后，"脸上均有歉然之色"。忠于慕容复的决
定，却于道义原则有亏——正成为一个非常现实的问题。

再一次分歧出现在少林寺武林大会上。萧峰势单力孤，
为数千豪杰所困，慕容复与四家臣商量助拳事宜。公冶乾、
包不同、风波恶均对萧峰极为佩服，力主出手相助。萧峰仍
在丐帮帮主位上时，也曾力排众议为慕容复洗脱杀害马大元
的嫌疑，也算对慕容氏有恩。于公于私，慕容家族都应该相
助萧峰。

可慕容复却不出意外地再次否决了众家臣的提议："众位
兄长，咱们以兴复为第一要务，岂可为了萧峰一人而得罪天
下英雄？"所谓兴复大业，就不能得罪人多的一方，就是要"收
揽人心，以为己助"。为了那个遥远、抽象而且荒唐的目标，

牺牲江湖义气和个人恩义均无关痛痒。这次分歧,仍然是以众家臣屈服慕容复告终。

在西夏公主招亲一事上,四家臣倒是和主公没有什么分歧,都认为慕容复该割舍与王语嫣的感情,去应驸马之选。倘若真的做成大国驸马,复国梦想听上去就没那么荒唐了。

慕容复对此心理负担极少,"微一沉吟,便不再以王语嫣为意",为不让王语嫣跟随自己同行,便骗她到自己家中小住,给她造成即将迎娶她的印象。邓百川、公冶乾却对欺骗天真烂漫的姑娘均感内疚,风波恶是四家臣中是非感最强、最为直爽的,更是重重打了自己一个耳光,却假托是蚊子叮了自己。

这一系列分歧的关键在于:慕容家族希望四家臣是什么样的人,和四家臣本来是什么样的人,这两件事之间存在矛盾。几次分歧,四家臣都选择了顺从主公,压抑了内心所想。新修版《天龙八部》文本,通过修改包不同的表现,更是清楚地呈现了这种"主公之所求"与"自我之所是"之间的巨大差别。

秦家寨与青城派欲向慕容氏寻仇,误打误撞闯入了慕容家丫鬟的住所听香水榭。这两路人马,各怀鬼胎,个性猥琐、行径卑劣。在之前的修订版中,包不同现身后,大展神威,恩威并用:既在混战中救得两派的首脑人物,表现了侠士救人危厄的一面；又对两派人物大加折辱，以示惩戒。

在这个过程中，包不同对宵小之辈极为不屑，其行止简傲跌宕、潇洒自若，颇有名士风采。可在新修版中，包不同脑子里像是装了一个补丁程序，随时要他想起慕容家族的复国大业。因此他对两派人物的折辱要适可而止，为大业计，须招揽人心，不可得罪太多的江湖人物。在两派首脑表示愿奉慕容家族号令之后，包不同竟拱手道歉、"诚恳谢过"。尽管他内心对这些人颇为鄙夷。这种行为已与慕容复讨好三十六洞洞主、七十二岛岛主并无区别。

早先版本的包不同是一位简傲名士，行事任诞，个性潇洒，服从内心意志，一点也看不出为复兴燕国大业殚精竭虑的意思；新修版的包不同是一个把慕容家族利益放于首位的忠诚家臣，处处为慕容家族着想，不惜压抑自己的个性。此时的包不同，正是慕容家族希望看到的包不同。

三、"理想主义的忠诚"及其危险

四家臣与慕容复的最后一次分歧也是源自包不同。这次分歧导致了矛盾的总爆发，双方最终决裂。当慕容复试图拜天下第一大恶人段延庆为父，改宗段氏，以"曲线复国"时，包不同坐不住了。他公开指责慕容复"不忠不孝不仁不义"，慕容复竟辣手将其击毙。认"贼"作父与击毙包不同这一系列行为，突破了邓百川等人心中的原则底线，基于情感和道义的愤怒最终战胜了"死忠"情结，并使他们走向了与慕容家族的彻底决裂。

但这里值得玩味的是，尽管道义压倒了死忠，四家臣与故主已割袍断义，他们仍然没有放弃"忠诚"的名义。决裂之后的邓百川认为自己没有背叛"先主"慕容博。他以"老先生"慕容博的名义训斥慕容复："这等认他人为父、改姓叛国的行径，又如何对得起老先生？"

这就出现了非常具有悖论色彩的一幕：与慕容家族决裂的家臣，却认为自己才是真正忠于慕容家族的；慕容家族在世的唯一传人，却被认为是背弃慕容家族的。此时的几位家臣彻底走向了所谓的"理想主义的忠诚"，他们只忠于自己的道义原则。

这种"理想主义的忠诚"无疑比"无条件的死忠"更有价值。我们将四家臣与《鹿鼎记》时代为"拥唐""拥桂"之争打得头破血流的沐王府家将和天地会群雄一比，就会很清楚这一点。

但"理想主义的忠诚"一旦走向极端，会潜藏着消解忠诚本身的危险。理想是看不见、摸不着、藏于内心之中的，所以极端的理想主义忠诚就是只忠于自己的内心，而没有任何稳固的外在忠诚对象，也就没有任何稳定的人际关系。种种反复无常与背叛都可以凭借"理想主义的忠诚"之名进行。全冠清背叛乔峰可以说自己是忠于"宋与契丹不两立"的更高原则，马夫人杀夫通奸可以说自己忠于"从心所欲"的人生理想，连丁春秋弑师都可以说自己是受到了获取武学奥义的神圣感召。

但邓百川他们是光明磊落的君子好汉，也知道完全从抽象的理念论证自己对慕容家族的效忠是站不住脚的，所以他们必须抬出那个已经遁世的老先生慕容博来。那个慕容博在他们心中早已理想化、神圣化，就像我们回忆年少时自己曾经的"爱豆"。他们以老先生的名义狠狠教训其儿子，行使了最后一次匡扶少主的义务。这里的"慕容博"绝对不是慕容博，只是邓百川三人的自我投射。因为最讽刺的是，"若是为了兴复大业，父兄可弑，子弟可杀，至亲好友更可割舍"，这话正是慕容博亲口叮嘱儿子的。

邓百川说"君子绝交，不出恶声"。分别时，三家臣一揖到地，一声"拜别"，从此再不回头。他们知道现实中对慕容家族的效忠已再无可能，但在最后时刻仍然处处恪守着作为忠臣的礼节。

昆仑掌门何太冲

一个讲"大义"的"坏人"？

何太冲是《倚天屠龙记》中的昆仑派掌门人。但这位掌门，给人的印象有点特别。在中国传统文化想象中，"昆仑"亦真亦幻，乃神山、祖山。昆仑派的掌门似乎应该白衣胜雪、不染尘俗、崖岸自高、睥睨武林。此派前辈何足道确实当得起这样的评价。他"琴、棋、剑"三绝，却自名"何足道"，傲睨之际却带着视一切为无所谓的洒脱，谦抑之中也透着对整个江湖的不屑。但这掌门的位子传到何太冲这一代，却完全变了味道。

何太冲本是个矛盾的人：他身为名门正派之掌门，在江湖中势力极大，武功也不错，自然望重一时；可他却"畏妻宠妾，懦弱猥琐，便似个寻常没志气的男子"。他号"铁琴先生"，风雅自命，每次出场，都像流量大明星，要把样子做足：气氛组的两名小童一人捧剑、一人抱琴，气场不亚于

国学大师；可这么一个"风雅名士"，却道德败坏，骨子里
对名利极其热衷，为争抢屠龙刀，费尽心机，最终殒命荒山。
读者能记住何太冲，大概是他太过虚有其名、表里不一。但
是我们仔细回顾这个人物的生平经历，会发现他竟是一个为
家国大义宁死不屈的硬汉。这让他的内在品质充满了神奇的
张力，一个道德意义上的坏人，却又是一个坚守大义的爱国
者，这让我们该如何评价？

一、何太冲的两种面相

　　说何太冲道德败坏，一点都没冤枉他。

　　他待人严苛，残忍好杀，气量狭小：路人甲路过昆仑山，
无意中看到了他练剑，多瞅了几眼，他竟认为别人在偷师学
艺，便派人千里追杀。他性格暴躁、迁怒无辜，因爱妾病重
难愈，竟欲将一众医生杀死殉葬，刻意制造医患矛盾，真应
上"医闹"黑名单。他恩将仇报，张无忌治愈了他的爱妾，
却激怒了他的原配夫人。他为平息大老婆的愤怒，竟然欲将
恩人及身边的女童置于死地……

　　在武侠小说的世界里，"残忍好杀"和"迁怒无辜"虽
是恶行，却也算不上卑劣。向问天也"残忍好杀"，黄药师
也"迁怒无辜"，他们大体算是正面人物；但"恩将仇报""欺

凌妇孺"则属于不折不扣的卑鄙无耻行径，为金庸江湖上所有正义人士所不齿。何太冲不光是一个恶人，还是一个卑劣至极的恶人。

然而这样一个恶人确实也能让人感动一下。当他被元朝汝阳王郡主赵敏设计擒到万安寺后，卑劣了几十年的昆仑掌门突然咸鱼翻身，迎来了人生的高光时刻，过了一把正面角色的瘾。虽然没有主角光环，但也壮怀激烈。

当是时也，以六大门派为代表的名门正派始终心怀故宋，对抗元朝廷。于是汝阳王府郡主赵敏施展阴谋诡计将几大门派的重要人物一一擒获，劝他们投降。身陷囹圄的何太冲凛然不屈，宁肯手指被斩，也绝不低头。

> 只听何太冲气冲冲的道："我既堕奸计，落入你们手中，要杀要剐，一言而决。你们逼我做朝廷鹰犬，那是万万不能，便再说上三年五载，也是白费唇舌。"张无忌暗暗点头，心想："这何先生虽不是甚么正人君子，但大关头上却把持得定，不失为一派掌门的气概。"
>
> 只听一个男子声音冷冰冰的道："你既固执不化，主人也不勉强，这里的规矩你是知道的了？"何太冲道："我便十根手指一齐斩断，也不投降。"那人道："好，我再说一遍，你如胜得了我们这里三人，立时放你出去。

如若败了，便斩断一根手指，囚禁一月，再问你降也不降。"何太冲道："我已断了两根手指，再断一根，又有何妨？拿剑来！"

故事的后续是何太冲身中剧毒、内力丧失，比武再次失败，手指被斩掉第三根，但他"甚为硬气，竟一哼也没哼"。

何太冲算是爱国者吗？用我们今天的眼光来看，元朝也好，中原武林也好，甚至契丹、女真，同属中华，一方与另一方的矛盾，上升不到国家的层面。但还原到历史语境尤其是金庸小说语境中去，却是不同。不少研究者指出，中国民族与国家的边界意识形成于宋。从宋辽对峙、宋金对峙，至后来的宋元对峙，各政权彼此之间，渐渐形成了清晰的敌国意识与边界意识。崖山战后，宋作为实体的国家消亡了，但作为一种对抗元朝的国家想象和集结政治力量的文化认同，却始终存在。

在金庸世界中，元朝政府和军队极为残暴，这种对暴虐的抗争意识混合了夷夏之辨的民族主义情绪，使得"倚天"时代的正派武林人士多以大宋遗民自居，虽不举旗造反，但决不与朝廷合作，并暗地里志存恢复。这种对抗意识在武林中形成了强大的舆论力量，逐渐汇聚成一股不可忽视的政治文化潜流，并传之后代。"倚天"时代已是元末，何太冲不过中年。他出生时或是崖山之后，大宋早已不复存在。一个生于元、长于元的昆仑掌门对前朝的故国之思，正是受到这种代代相传的政治文化潜移默化的影响。

从这个角度讲，基于当时特殊的历史语境，何太冲宁可手指——斩断也决不归顺元廷，在某种意义上确实是一种大义凛然的爱国行为。

读者读到《倚天屠龙记》这一段时，往往会感慨：何太冲虽于私德有亏，但分得清大是大非，有原则、有底线，大节不坏。这样比起来，以前那些欺凌妇孺的卑劣行为是多么微不足道，恰如白璧之微瑕，读者早已替书中的受害者原谅他了。

类似何太冲的人物，还有电影《天津闲人》中的男主角苏鸿达。苏鸿达本是民国时期一个坑蒙拐骗的江湖混混，却为了揭露天津大亨四六爷勾结日寇的秘密而牺牲生命。当苏鸿达痛斥汉奸、凛然赴死之时，他之前那些偷鸡摸狗、挑拨行骗、让很多无辜人蒙受损失的行径似乎被无限缩小了，一股悲壮与崇高在观众心底油然而生。

但是，我们不妨继续追问："大义"关涉大是大非，个人道德一定是小是小非吗？爱国情操真的是比个人道德更重要的事情吗？

二、对何太冲的三种评价

何太冲真的值得原谅吗？就笔者个人的阅读体验来说，对何太冲的看法，经历过三个阶段。

十几岁时始读《倚天屠龙记》，对何太冲敬重居多：私人品德在家国大义面前微不足道。他宁可断指也不屈服的这一悲壮选择，不仅把他前半生的卑劣洗刷得一干二净，而且让他的形象倍显高大。

二十几岁时再读《倚天屠龙记》，则对何太冲厌恶居多。一个人在现实生活中做了不少坏事，却以"爱国"自居，这样的人让人反感。很容易让人联想到在一些热点事件中暴力袭击日系车主的恶徒。

当时的我，和一些人反感何太冲的人一样，存在这样一种误解：认为"爱国"是一种仅与宏大叙事相关联的情感，因此离我们很远。反而是私人道德具有更为真实和更为鲜活的内容，因为它决定了人们在日常生活中如何与别人相处。

假设你身边有何太冲这样的人，你可能真是倒了霉。他极端自私自利，为了图方便会把香蕉皮扔在你家门口。他热衷名利，手段无所不用其极，如果你们在公司里竞争什么荣誉，他会用尽阴招给你使绊子。如果你是他的下属，则会更惨。气量狭小、被迫害妄想、易迁怒别人，三重品质的加持，你只能做好唾面自干、打掉牙和血吞的准备。如果你是医生，不幸遇到他这样的患者，那更是不幸：治得好要防备他恩将仇报，治不好要小心他当医闹。每天穿着防弹衣和钢盔上班是唯一正确的选择。

这样的人即使内心真的很爱国，可平时并没有那么多极端例外状态下的事情来让何太冲展示他那大义凛然的风采。但他给我们生活造成的不适，却是每天都在发生的。

在这种情况下，简单区分"大义与小节""大是大非与小是小非"毫无意义。当我们将大义凛然的爱国行为归为"大义"，而用"小节"来归纳日常生活的个人道德时，就会把个人道德置于一个可有可无，甚至时刻会被牺牲的位置。而且会存在这样一种可能：压倒个人道德这个"小节"的，甚至不是真正的家国利益，而仅仅是以"家国利益"为名的空泛的宏大叙事或现实的政治取舍。

当然，真正的爱国主义，并不是一种空泛的宏大叙事，也不仅是现实的政治取舍。它是一种非常美好的价值，却不是唯一美好的价值，人世间还存在很多需要珍视的价值，正如我们正在讨论的日常交往中的个人道德。爱国不能无条件压倒其他的美好价值。所以何太冲是洗不白的，不能因为他爱国，我们就忘记他道德上的种种卑劣。

那我们能不能据此认为他所谓的爱国壮举也不值得敬佩呢？就像我们厌恶那些在现实中坏事做尽却自称爱国的人。

笔者在三十多岁再读《倚天屠龙记》时，回忆起第一次读这本书时心中对何太冲的敬重和油然而生的感动。那种发自内心的感动难道不值得认真对待吗？直觉告诉我们，何太冲大义凛然的爱国之举，是有真实内容在的。

判定何太冲的爱国行径是否值得敬佩，我们得先分析一下，哪些"爱国"行径是我们所不能接受的。毫无疑问，极端排外的非理性爱国、以爱国的名义来伤害无辜民众，这两条非常要不得。以某些新闻事件为例，看到日本车就砸，甚至用暴力将无辜车主打伤，正是这两条的写照。另外，把爱国当生意来做，以此收获名利，将爱国当做工具，也为人们所不齿。像《神雕侠侣》里郭靖镇守襄阳十数年，可谓大侠，如果他仅仅象征性地到襄阳逛一逛，喊喊爱国口号，增加曝光度收割流量以推销桃花岛特产九花玉露丸，那就是把爱国当生意做了。"倚天"中的玄冥二老忠于元朝政府，他们当然可以自我标榜为深爱大元，但实际上二人贪酒好色，服务于汝阳王府不过是实现个人利益最大化的一种手段。

最后，爱国不能仅仅维护现实政治权威、为现状辩护，而应该具有一定的规范性和理想性，向着"让国家更好"这个未来向度充分敞开。因此，应该容纳建设性的批评声音。襄阳安抚使吕文焕在金庸笔下水平不高、胆识有限，郭靖、黄蓉经常给他提批评意见，如果因此就给郭黄夫妇扣上"不爱国"甚至是忽必烈手下细作的帽子，那真的是自毁长城，襄阳也真的无人镇守了。

与此对应，人们所能接受并珍视的爱国行为，应该是理性的、不排外的，不能以爱国的名义伤及他人的，同时还应该是真诚的、非工具性的，并且具有理想向度、能够容纳不同的声音。

三、爱国主义：一种值得珍视的价值

那我们不妨以此为标准审视一下何太冲的爱国行为。是元朝铁骑消灭了宋室，何太冲志存恢复，就不能不与元朝政府为敌，这意在鼎革，和"极端排外"八竿子打不着。他拒绝屈服的后果，也没有伤害任何人，除了伤害了自己的手指。

尤其重要的是，在那一刻，他大义凛然的选择，确实是发自内心的选择，是真诚的，而不是工具性的。

那会不会是何太冲沽名钓誉，故意做给六大门派其他人看的呢？显然不可能。当是时也，汝阳王府挟"先诛少林、再灭武当"之势，将张三丰之外的六大门派精英好手尽数擒获，中原武林，已近全军覆没。所谓江湖声誉，以及那套传承数代、志在恢复大宋江山的政治文化，转瞬间就要灰飞烟灭。何太冲即使屈服投降，也不会贻笑武林，因为马上就没有了武林；何太冲的壮烈义举，也不会换来任何名誉，因为评价名誉的标准和人就要消失。月旦春秋，将深埋于历史的灰烬之中，再也不会有，且再也不会有人记得。

在这种情况下，何太冲拒绝屈服，毅然选择壮烈，只可能是发自内心的真诚之举，实乃舍生取义。他的爱国行为，已经不仅仅是政治上的权衡和取舍，而是真正具有了鲜活的道德内容。这也正是他的事迹感人肺腑的力量之所在。

再对照最后一条，何太冲的爱国具有规范性和理想性吗？他和他的武林同侪们所心念的故宋，早已灭亡数十年，并不是一个太清晰的政治实体。六大门派的爱国共识是什么呢？一方面，他们的认知确实带有"夷夏之辨"的色彩，认为元朝占了大宋江山是不具有正当性的。但另一方面，他们又不仅仅是因为"夷夏之辨"的问题才来抗元。

金庸所塑造的元朝官兵十分暴虐，在"倚天"的世界里，元兵滥杀无辜、为害乡里是家常便饭。那是一个民不聊生的时代，张无忌出蝴蝶谷所看到的景象是十室九空、饿殍遍地。饿极了的江湖群豪甚至想要通过煮食儿童来充饥。

　　何太冲们显然认为这不是一个好的政治生态。他们对抗元廷，就有了更为充足的道德依据。他们对大宋的理解，应该也带有三代之治的美好想象，尽管这种想象是一厢情愿。何太冲的爱国想法，其实混合了儒家正朔观念、民族主义色彩的夷夏观念，以及朴素仁爱的政治道德感。他心中的国，是一个不为政治实体所规定的理想之国、想象之国。

　　更为重要的是，这使何太冲的爱国行为，具有了某种利他性，它包含了对社会正义的求索和对天下苍生命运的关怀。爱国不仅仅是无所依着的情感感动，它有更实质的利他色彩：它关乎公共福祉，是一种能够关涉每一个具体个人的大爱。

　　当然，这并不是说"好的爱国主义"就不能爱现存的政治实体。在现代社会中，政治实体才是国家的现实呈现。爱一个真实的国家，要比何太冲等人爱一个想象的故国来得更具体也更真切。只是说，对政治实体和现世国家的爱，应包含着更高的理想和期冀，包含着对现实的合理超越和对未来的敞开。

　　尽管何太冲很爱国，但他在私人道德上的卑劣是不能因此而洗白的。同样，我们也不能反过来否定他爱国的意义，甚至否定爱国本身的意义。爱国当然是一种好品质，关键在于怎么来"爱"。应该是真诚而非工具性的爱、具有理想向度的爱、包容的爱与理性的爱。

"江湖不值得"的背后

从风清扬变成岳不群总共要几步

近些年互联网上流行一句话，叫"人间不值得"。其实在金庸江湖中，也始终萦绕着一种"江湖不值得"的情绪。既然"人间不值得"，所以脱口秀演员李诞建议大家开心点。但尽管"江湖不值得"，大侠们没几个是开心的。《笑傲江湖》虽有一个"笑"字，可在全书结束之前，令狐冲并没有开心几天。

"江湖不值得"背后是一种深深的厌世情绪——对江湖中的东西深感厌倦。著名政治学家朱迪丝·施克莱在《平常的恶》一书中分析了"厌世"情绪的危害和公共价值，并把西方历史上常见的"厌世"分为三类：厌恨一切的纯粹型厌世者，喜好讽刺的讽刺型厌世者，厌恶当下却心怀希望的向好型厌世者。

金庸江湖的厌世者，虽不同于施克莱笔下西方历史上的厌世者，但也类型多样，不同厌世者之间的个人品行和价值取向完全不同。这里有与世无争的风清扬，有独爱莲弟的东方不败，也有暴虐成性的谢逊，还有一些鲜为人知的厌世者，如岳不群。

然而，金庸笔下这些形形色色的江湖厌世者，都有一些相通的思想特征，这些特征构成了一条具有递进关系的逻辑线索：一个与世无争的厌世者和一个杀人无算或狡诈虚伪的厌世者之间，可能只有几步之遥，甚至不过是铜币的正反两面。

下面有请风清扬老先生出来走两步，看看到底走几步，就会变成岳不群。

一、风清扬：江湖不值得，规矩是什么？

风清扬堪称"江湖不值得"的形象代言人。"神气抑郁，脸如金纸"，"满脸病容，神色憔悴"，厌世是写在脸上的。风清扬的人物色彩灰白萧瑟，举手投足之间带着一种对世界深深的倦怠感。双眼一眯，一句"日头好暖和啊，可有好久没晒太阳了"，更是把一种离群索居、无所眷恋的形象展示得淋漓尽致。

那么对于风清扬而言，"江湖不值得"的具体指向是什么？有两处对话，可以看出一些端倪。

　　一处是他和令狐冲谈及魔教十长老被五岳剑派算计时，说道："世上最厉害的招数，不在武功之中，而是阴谋诡计、机关陷阱。倘若落入了别人巧妙安排的陷阱，凭你多高明的武功招数，那也全然用不着了……。"联系到作为剑宗高手的他被气宗设陷阱算计，这话实是在抒发自己生平之恨。

　　这里带有浓烈的"武功无用论"的气息。这种"武功无用论"不是出于功利计算得出的结论，而是阅尽沧桑、心灰意冷后的自暴自弃。就像持"读书无用论"者，并不是认为读书的收益回报太少，而是发现即便是在学术研究这个最需要读书积累的领域，刻苦读书者所取得的学术成就，可能也未必比得上依靠人情世故、裙带关系者。于是难免心生倦怠、惆怅叹息。

　　电视剧《少帅》中的一句台词一度在互联网上重新流行开来："江湖不是打打杀杀，而是人情世故"。但"打打杀杀"恰恰是武功通神的风清扬所擅长的。"人情世故"其深如海，只可意会不可言传。这里面有交换妥协、有笑里藏刀、有尔虞我诈，张老帅那样长袖善舞的权谋大师能玩得转，可只会用长剑说话的风清扬玩不转。这句台词里固然有"江湖不可只靠蛮力解决问题"的意思，但也包含着直肠子的江湖儿女最无奈的叹息和注定的悲剧命运。

所以，让风清扬感到倦怠和无奈的，是江湖中的尔虞我诈、陷阱算计。这让他发出"武功无用论"的叹息，也让他一生深受其害。

风清扬的"厌世"并没有止步于此。他由于深恨"假冒为善的伪君子"，进而开始对一切江湖的规则和价值感到愤慨。这体现在他那句经典的名言中："甚么武林规矩，门派教条，全都是放他妈的狗臭屁！"

仅仅厌恶世上的阴谋诡计，不一定成为一个真正的厌世者，还可以是一个积极作为的公共行动者。但当风清扬开始质疑江湖间一切规则规范，他开始彻底厌世。

伪君子常常将江湖规矩作为遮羞布，这并不一定能得出"江湖规矩本身就是坏的"这一结论。可风清扬本身因深受伪君子之害，遭受了重大情感打击，由此厌世，恨及一切江湖规矩，虽不合乎理，却合乎情。

厌世的同时，风清扬选择的是逃离。不与人动手，不与人见面，离群索居，甚至连阳光也很久不见……"江湖不值得"，骂一骂门派规矩，然后远远地离开。偶遇少年可造之才，传几招剑法，留下神奇的传说，然后再度远遁，不履足尘世。

厌世者风清扬，仍然是一个可亲可敬的老人。他痛骂门派规矩，深恨名门正派的道德规范，却也从未做出危害江湖规范的行为。但由厌世情绪引发的对规则规范的质疑与不屑，却为另外一些厌世者胡作非为扫清了情感障碍。

二、东方不败：江湖不值得，我独爱莲弟

比起风清扬，东方不败的厌世之路走得更远。

他说："我初当教主，那可意气风发了，说甚么文成武德，中兴圣教，当真是不要脸的胡吹法螺。直到后来修习《葵花宝典》，才慢慢悟到了人生妙谛。"

对于东方不败而言，与"江湖不值得"相伴随的，是他发现了一个新世界。由于性别认知发生变化，他厌恶自己的身体，渴望和任盈盈易地而处；他厌恶"男欢女爱"这种传统的主流情爱方式，将爱妾一一手刃；江湖枭雄最看重的宏图霸业，他嗤之以鼻。他对情爱、人生、世界有了全新的理解，那正是他所谓"天人化生、万物滋长的要道"。

江湖已经成为他心中的旧世界。即使他贵为武林第一人，江湖舆论也不允许一个花枝招展、自甘妾妇的东方不败存在。那副装扮恰恰是他心中自己最理想的样子。从他的内心而言，旧世界已无他的容身之处，也不值得留恋。人生妙谛就在黑木崖的秘密花园之中。因此，和江湖毅然决裂，便是水到渠成的事情。

东方不败不理魔教政务，任由杨莲亭胡作非为，是因为

在一个厌世者的视角下，那些已经不重要。

唐中宗与妻子韦后感情极好，他即位之初，提拔岳父韦玄贞为侍中，宰相反对。中宗愤怒之下，竟说出那句导致自己皇位不保的千古流传的气话：“我以天下与韦玄贞何不可，而惜侍中邪！”这当然是少年人不知轻重，信口胡说。但把这理解成他对庙堂名器心怀轻视，似乎也无不可。“我以性命与莲弟何不可，而惜日月神教邪！”与莲弟相比，日月神教的百年基业本如敝屣。

“江湖不值得”，东方不败没有选择像风清扬一样逃离，而是躲起来绣绣花、翘翘兰花指，做这些值得的事情，伺候一个值得的人。

然而，为了值得的事情和值得的人，对宏图霸业嗤之以鼻并不让人震惊；真正让人震惊的是，他可以据此毁灭朋友情感、江湖义气。

魔教并不讲名门正派的繁文缛节和条条框框，却一样尊重朋友情感、江湖义气这些正邪两道共通的价值。童百熊对东方不败恩深义重，两个人是几十年刎颈之交。东方不败也不是天性凉薄之人，“不是没良心，不顾旧日恩情”，“你得罪我，那没有甚么”，然而，“得罪我莲弟，却是不行”。“他要取你性命，我这叫做无法可施”。因此只要童百熊得罪了杨莲亭，下场只能是立毙于当堂。东方不败的厌世，不仅仅是对江湖宏图霸业的不屑，还有对于江湖道义有选择的破坏。

"江湖不值得"，风清扬和东方不败均把江湖视若草芥，一个将名门正派的门派规则说成是狗屁，一个将魔教中人同样珍视的兄弟义气亲手毁掉。他们都在向江湖道义宣战，唯一不同的是，风清扬并没有付诸行动，东方不败已在一定范围内选择了开火。老兄弟童百熊正是这场厌世者与"江湖道义"的战争中的无辜牺牲品。

三、谢逊：江湖不值得，老子杀杀杀

谢逊是一个更为典型的厌世者。

他和风清扬情况颇为类似，都是被信任的人所害，由此愤世嫉俗。所不同的是，风清扬失去的只是爱情，谢逊失去的是全家亲人的性命。所以他的表现远比风清扬夸张。

风清扬是蔑视武林规则，谢逊则在此基础上更进一步，否认整个人类世界的"是非观"。

在王盘山上，他和张翠山曾有一场对话。张翠山认为"讲是非"是人之为人所必须遵循的价值原则："人之异于禽兽，便是要分辨是非，倘若一味恃强欺弱，又与禽兽何异？"谢逊却不信"是非"。他的立论无非两点：强者未必讲是非；好人未必有好报。谢逊不仅不信"是非"，还进而不信任整个人类世界："我相信禽兽，不相信人。十三年来我少杀禽兽多杀人。"

原本最该讲"是非"的恩师成昆不仅没对谢逊讲"是非"，连最基本的"人性"都不讲。爱妻受辱、满门遇害，背负这样的血海深恨，也无怪乎谢逊否认"是非"，不信"人性"。他相信禽兽，是因为禽兽尽管残暴不仁，却不像人类那么狡诈。与其"人面兽心"，不如"兽面兽心"。前者是虚伪掩饰下的残暴，后者在残暴的同时，却拥有表里如一的真诚品质。

"江湖不值得"，这里没有是非，没有人性，没有因果，甚至没有任何终极价值。谢逊痛斥上苍,并称之为"贼老天"。在谢逊这里，"一切神圣都被亵渎了"，他倒像是一个传统世界观天崩地坼后失去形而上学担保的赤裸裸的现代人。不过谢逊没有去寻找新的哲学，有样学样的残酷杀戮就是他的哲学。他开始彻底放飞自我。

更让人感到悲哀的是，成昆为向明教教主复仇，将徒儿满门性命视为可以随意牺牲的棋子；谢逊为了向成昆复仇，将整个江湖上无数无辜人命都当作了引出成昆的必要代价。以他人为手段，复仇的目的压倒一切。虽说事情的发展走向和成昆的计划颇有关联，但也不得不说这对师徒确实心有灵犀。

风清扬蔑视规则，基本属于"口嗨"，在大是大非面前他并不含糊；东方不败蔑视规则，只有在规则和莲弟的利益发生冲突时，他才会突施辣手；谢逊蔑视规则，则表现为肆意地践踏和破坏。同时，他厌恶人本身，视人命为草芥。江湖不值得，老子杀杀杀。

到了后来，谢逊的大规模无差别杀戮很难说和报仇有直接关系。有时候纯粹为了制造新闻效果引起轰动，与其说是为了引出成昆，倒不如说杀戮已经令他上瘾。这和恐怖分子为了报复而杀害无辜平民没什么区别。

谢逊滥杀无辜大半辈子，等他真正面对仇人时，却放下屠刀，展示了令人难以置信的宽容。再联想到谢逊上一秒还要将义结金兰的紫衫龙王一刀砍死，下一秒就为救紫衫龙王舍生忘死；王盘山上要对群雄赶尽杀绝，灵蛇岛上却要义释陈友谅——我们就会明白，谢逊的残忍与宽容完全是随机的。金毛狮王恰恰是薛定谔的狮子，他自身就是对江湖规则与武林中"确定性"的最大嘲讽。他展示了江湖厌世者最为残酷和任意的一面。江湖不值得，老子薛定谔。

四、岳不群：江湖不值得，人生靠演技

如果说风清扬是"口嗨型"厌世者，那么东方不败则由"口

嗨”进阶到基于某种理由而冒犯规则。谢逊更进一步，进化到无理由的肆意破坏规则。然而这还不是最后的阶段，岳不群才真正做到了登峰造极。

岳不群的“厌世”倾向看起来并不典型。我们必须要解释，岳不群厌憎的究竟是什么？

他厌的是江湖中的价值与道德。“江湖不值得”首先是“价值原则不值得”。江湖中任何有价值的事物，均不值得他用真诚来对待。锄强扶弱、行侠仗义、江湖道义、武林是非，在他看来统统不重要。

谢逊要声嘶力竭地对着这些价值观念宣战，要口干舌燥地和张翠山辩论，可岳不群早已温润一笑，潇洒地进入角色，娴熟地将这些价值观念当作了自己的道具。风清扬和谢逊对于“江湖道义”曾经信之深，所以也恨之切。岳不群却从来没有将这些放在心上。“江湖不值得”，因为它曾经“很值得”，所以今天才要大声喊出它“不值得”。岳不群从来就不认为江湖“很值得”，他自然也就心安理得地将江湖中的一切进行工具性的理解。

更进一步，他厌的是江湖中的“人”。谢逊视人命如草芥，却也只在“引出仇家”这个很有限的功用上把人当作工具。岳不群则在所有意义上把所有人均视作了实现自己目的的工具。他从来没有把人当人来看，因此，邪魔外道固然可杀，而且一旦需要，门下弟子与五岳剑派同道的生命，均可随时被牺牲掉。这正是"江湖人命不值得"。

我们说岳不群视所有人为工具，自然也包含他的至亲。他多次利用女儿——或为侵夺林家剑谱，或为扰乱令狐冲的心意。与此同时，他对世俗亲情极端淡漠，妻女横死，似乎也惊不起心中的波澜。妻子的遗体都懒得处理，竟甩手托付给上一秒还要拔剑相向的敌人。视规则如无物、视人命如草芥的枭雄不在少数，可对至亲之情如此淡漠的，诚属罕见。左冷禅何其阴鸷残酷，听到别人威胁杀他儿子时也会心下"凛然"；欧阳锋何其凶悍狠毒，疯癫后唯一铭记于心的，就是自己有个儿子。与这些枭雄怪杰相比，岳不群确实更加"不群"。

"世俗亲情不值得"的下一步是"肉身欢愉不值得"。林平之自宫，实是身负血海深恨，或有不得已而为之的苦衷；岳不群自宫，却真正展示了对肉身疼痛和世俗欢愉的毫不在乎。人们常把"甘霖惠七省"汤沛和岳不群相提并论，二人在这方面却截然不同。汤大侠养尊处优，很重世俗快乐。甚至管不住裤裆，作出伤天害理之事。但你很难想象一个逼奸民女的人会毅然决然挥刀自宫。

岳不群的厌世，具有双重指向，他一方面厌弃的是道义、规则这些宏大的价值观叙事，另一方面厌弃的是具体而微、世俗而真实的家庭亲情、世俗欢娱。对后者的厌弃更导致他在破坏前者时，心态是云淡风轻、毫无包袱的。亲情、妻女、肉体都可以是工具，道义价值又算得了什么？"君子剑"的含义也许是，"君子"是面具，"剑"是工具，有需要则一剑斩下去，关键时候还能当手术刀。

如果把"江湖道义"拟人化成女孩，这四人都是厌女者。所不同的是，风清扬和谢逊是"爱过"，但前者因爱生厌，心灰意冷；后者因爱生恨，开始残害女性。东方不败根本对女性不感兴趣，并嗤之以鼻。岳不群则是装作情圣，收获芳心无数，榨取女性所有的价值，最后再残忍杀害。

这四位"厌世者"都是朝着一条黑路往前走。岳不群是在谢逊基础上的大步迈进。谢逊不在意江湖规矩，于是残忍杀戮；岳不群不在意江湖规矩，他发现搞搞虚伪狡诈、玩玩机关算计，会更过瘾。总归是对江湖价值的破坏，残暴和狡诈也不过是五十步与百步的差异。

可岳不群多迈出的这五十步，却让事情变得有些吊诡：风清扬和谢逊最初厌世，都是对江湖中的虚伪狡诈感到厌倦或愤恨；可他们万万没有想到，当他们彻底抛弃江湖规则，他们的思想后裔也就可以毫无心理负担地成为虚伪狡诈的"君子剑"。

五、"江湖不值得"对江湖政治生态的影响

　　厌世者和江湖政治生态之间的关系较为复杂。风清扬和东方不败都深居简出，他们的厌世是一种"疏离"，一个似避世的隐士，一个只在意"莲弟热炕头"，对于公共政治没什么影响。杨莲亭扰乱魔教内政，也并非东方不败的初衷。谢逊的厌世，体现为搞事情。他更像一个单兵作战的恐怖分子，能造成巨大的轰动，却无法从根本上影响江湖政治生态。

　　施克莱提醒我们有一种马基雅维利式的厌世思想。新君主背信弃义，为政治目标不择手段，靠残忍获得人们的追随。在马基雅维利式的君主看来，君主和臣民之间不再是父慈子孝的美好传统图景，臣民不过是伟大君主座下草芥一般的牺牲品。新君主"厌世"的实质，是轻贱世人。岳不群则把"厌世"带入了江湖政治生态之中。他的厌世是对江湖价值和江湖同道的双重轻贱，同时他又胸怀大志，野心勃勃，具有新君主的理想。所以他能把江湖价值和江湖同道统统都当作工具，使之作为实现个人目的的垫脚石。

　　施克莱也提醒我们，有一种孟德斯鸠式的厌世思想，或可成为"限制权力"的基石。基于对人性的普遍不信任，必须通过公共政治设计来制衡政府，来约束统治者的作为。我们当然不奢望一个前现代的江湖能有什么公共政治设计，但

风清扬和谢逊那样深深为恶所伤的厌世者，原本可以为"制约作恶"做些事情。可他们并没有那样做，而是一个选择了远远逃遁、愤世嫉俗；一个选择了有样学样，同样作恶。

风清扬和谢逊都混淆了事实与价值之间的界限。他们身怀大恨，看到江湖在"事实"上并没有道义和是非可言，便从"价值"的层面怀疑道义与是非本身的存在。谢逊与人辩论是非观念时，反复诉诸好人无好报，正是这种心态的体现。然而，道义不存在，并不等于道义不应该存在。

他们的"厌世"，恰恰说明他们是被江湖深度影响的。"江湖不值得"，从风清扬大骂武林规矩都是狗臭屁的那一刻，潘多拉魔盒就已经打开，于是一步步走到了岳不群。

在施克莱那里，马基雅维利式的厌世和孟德斯鸠式的厌世，截然不同；可在金庸江湖中，原本可以与孟德斯鸠式的厌世相类似的风清扬，却最终开出岳不群这样的枝叶。

"江湖不值得"，与江湖中的热闹风景保持一定的疏离，对江湖中可能作恶的力量保持警惕，原本是一件非常有价值的事情。可这种疏离与警惕，需要我们同时拥有更为敏锐的是非感，而不是伴随自暴自弃的道德迟钝。

伪君子与暴虐狂谁更坏

恶人榜排名的生成及其政治意蕴

一、给坏人排座次

金庸迷喜欢讨论各种排名：武功排名、兵器排名、暗器排名……其实如何给金庸江湖中种种之"坏"进行排名，也是一个很值得思考的问题。到底哪一种坏人，才是武林"坏人榜"的榜首大哥？

政治学者施克莱曾对五种常见的恶进行了观念史的考察。她认为，尽管随着世俗人道主义的发展，人们普遍很介意"残忍"，但很少有人把"残忍"当成首要的恶。与此对应，不少人却将"虚伪"视为首恶。西方历史上存在这样一种现象："每个时代、每种文学体裁以及每一个公共舞台都在鄙视和嘲笑伪君子"，"即使是在恶棍陈列室里，伪君子也最受鄙夷。"无独有偶，汉娜·阿伦特在研究法国大革命时也发现"伪君子"往往"荣"登坏人榜首："我们总以为，伪善是微不足道的丑恶之一，孰料人们恨之入骨，即便其他一切丑恶加起来犹恐不及。"

事实上，对于金庸小说中的人物，大家争论比较多、研究比较详细的是比较"伪君子"和"真小人"谁更坏的问题。但是，在人们的一般认知中，二者谁也不比谁好到哪里去。即使能够论证出孰优孰劣，似乎也是五十步与百步的差距。

可"残忍型"的暴徒就不一样了，在戏里戏外，都享受了与伪君子截然不同的待遇。

这类人坏起来，让人汗毛倒竖：南海鳄神一言不合便拧断底层打工人的脖子；叶二娘专门虐杀幼儿；殷素素一口气杀掉龙门镖局满门七十余人；任盈盈云淡风轻地将刚刚刺瞎双眼的下属永久发配荒岛；欧阳锋几乎是毫无理由地杀人作恶；阿紫又放人体风筝又用铁面具毁人容貌，折磨起人来花样翻新，足可申请专利；至于任我行、萧远山、谢逊，更是手段狠辣、杀人如砍瓜切菜一般。

但这些人远没有伪君子讨厌，甚至还挺有人缘。人们厌恶装成翩翩君子的岳不群和装成好客孟尝君的汤沛，也厌恶人前光鲜的鲜于通、把老实人演得惟妙惟肖的戚长发。却对这些杀人如麻的老手展示出罕有的宽容。尤其是南海鳄神，他浑话连篇的样子甚至让你觉得有些可爱呆萌，全然忘记那把鳄鱼剪还滴答着无辜者的鲜血……

这不仅仅是戏外观众的感知，更是戏中江湖人物的感觉。岳不群和汤沛为天下英雄所不齿，可叶二娘、谢逊等人却最终获得了武林的尊重。欧阳锋变成了男主角全力维护的好爸爸，任我行本就是令狐冲又反对又敬佩的尊长。

当然，大家对他们的宽容甚至喜欢，与他们身上的其他品质有关系，但也说明了"残忍"这一品性并没有将他们一票否决。

人们是如此厌恶岳不群、汤沛，可是我们细细想想，将二人的罪行量化——岳不群究竟害死过多少无辜？可能只有英白罗和恒山派两位师太。害死与世无争的徒弟和为人正派的武林同道，当然罪孽深重，无可辩驳。但比起大半辈子都在滥杀无辜的谢逊、南海鳄神之流，岳不群的罪行并没有那么"出类拔萃"。汤沛逼奸民女，当然恶劣之极、为武林所不齿，但比起杀人如麻的任我行、萧远山，以及虐杀幼童的叶二娘，老汤的罪未必更重。人们对他们的愤恨厌恶，可能不在于他们作恶多少，愤恨的焦点仍然是虚伪本身。

通过林平之的一句话，可能更清楚地呈现了这一点：

> "这姓余的矮子、姓木的驼子，他们想得我林家的辟邪剑谱，便出手硬夺，害死我父亲母亲，虽然凶狠毒

辣，也不失为江湖上恶汉光明磊落的行径……哪像……哪像……"回身指向岳灵珊，续道："哪像你的父亲君子剑岳不群，却以卑鄙奸猾的手段，来谋取我家的剑谱。"

在林平之看来，救过他性命的岳不群，比害死他父母的木高峰、余沧海更加恶劣。原因就在于前者卑劣虚伪，后者虽残忍却光明磊落。

林平之的话，代表了江湖的某种普遍看法：虚伪是比残忍更加让人难以接受的恶行。

二、奇特的并存：拒绝"残忍"与容忍"残忍"

江湖群豪能一定程度上容忍"残忍"，但是不能容忍"虚伪"，原因似乎不难理解。江湖是武人的世界，血雨腥风本就是生活的一部分。对他们来说，刀头舐血就像我们竹签撸烤串一样寻常。"残忍"虽不是好事，但确实是他们业务范围的必然延伸。甚至有些武功本身就自带残忍属性，给对手以极强的心理震慑。大韦陀杵、摧心掌都属于此类。至于九阴白骨爪、化骨绵掌、腐尸功，单是听听名字，就让人不寒而栗。

可"虚伪"却不同。它隐藏甚至扭曲了江湖儿女快意恩仇的真性情，违背了真刀真枪、光明磊落的行事规则，恰恰走向了武林中人业务精神的反向。人们愿意将这种品质和阴险卑劣联系在一起。这也就不难理解为什么江湖群豪能容忍残忍，却对虚伪深恶痛绝。

但我们从更宏大也更为深刻的层面上审视江湖武人的主要业务，似乎事情并不这样简单。

在金庸世界中，江湖群雄有两项最为重要也最为宏大的事业，一个是抗击来敌、"为国为民"；一个是区分正邪、扫荡邪魔。

抗击来敌、"为国为民"在金庸小说中主要表现为抵御北方游牧民族政权的入侵。如果游牧民族政权恰好已经入主中原，则此事业以"力图恢复"（如恢复故宋、反清复明）的面貌呈现。区分正邪、扫荡邪魔主要是在判定正邪的基础上，铲除以魔教为代表的邪魔外道。

若说业务，这两件事情，才是金庸十几部小说中，江湖群雄最主要的核心业务。

做这两件事情的理由是什么呢？对于前者来说，"胡汉恩仇"并不能构成一个具有道德内容的理由。郭靖、杨过守卫襄阳，张无忌力图恢复，都不仅仅是因为"夷夏之别"，更直接也更实质的原因在于他们深知敌方的残忍，如不进行抵抗，天下苍生将陷于水火之中。郭靖曾随成吉思汗西征，对大军屠城的惨景有着深切的感知。杨过曾目睹蒙古兵行凶，那一幕对他内心造成了极大的心理冲击：

> 当先一人手持长矛，矛头上挑着个两三岁大的婴孩，哈哈大笑的奔来。那婴儿尚未死绝，兀自发出微弱哭声。

张无忌幼时从海外归来，和父母一同看到了类似的残酷景象：

> 十余名元兵手执钢刀长矛，正拦住了数十个百姓大肆残暴。地下鲜血淋漓，已有七八个百姓身首异处。只见一名元兵提起一个三四岁的孩子，用力一脚，将他高高踢起，那孩子在半空中大声惨呼，落下来时另一个元兵又挥足踢上，将他如同皮球踢来踢去。只踢得几脚，那孩子早没了声息，已然毙命。

从始至终，在江湖群豪的所见所想所闻中，我们几乎没有看到有任何对于元兵或清兵伪善、虚伪的描述，但残忍残暴的行为却随处可见。在这里，恰恰是对"残忍"而不是对"虚伪"的义愤，构成了大侠们判别事业正义与否的首要情感基础，也构成了他们坚持为国家"抗击来敌"这一主业的持久动因。

　　我们再看看另一项宏大事业，即人们在区分正邪、扫荡邪魔这件事情上的心理动因究竟是什么。对于名门正派中人而言，邪魔外道确确实实会被想象成阴险卑劣之徒。但魔教的这个身份标签导致了他们的阴险卑劣属性都是被明明白白写在脑门上，他们不会被认为是伪君子，因为没有君子的面具可戴。那大家憎恨魔教的关键因素是什么呢？

　　令狐冲因结交匪人，被罚到思过崖面壁思过，经过一阵思想斗争，最终成功树立起符合名门正派的"是非观"，燃起了对魔教的熊熊仇恨之火。这个过程的关键在于重温魔教行事的残酷：

　　　　霎时之间，脑海中涌现许多情景，都是平时听师父、师娘以及江湖上前辈所说魔教中人如何行凶害人的恶事：江西于老拳师一家二十三口被魔教擒住了，活活地钉在大树之上，连三岁孩儿也是不免，于老拳师的两个儿子呻吟了三日三夜才死；济南府龙凤刀掌门人赵登魁娶儿媳妇，宾客满堂之际，魔教中人闯将进来，将新婚夫妇的首级双双割下，放在筵前，说是贺礼；汉阳郝老英雄做七十大寿，各路好汉齐来祝寿，不料寿堂下被魔教埋了炸药，点燃药引，突然爆炸，英雄好汉炸死炸伤不计其数，泰山派的纪师叔便在这一役中断送了一条膀子，这是纪师叔亲口所言，自然绝无虚假。想到这里，又想起两年前在郑州大路上遇到嵩山派的孙师叔，他双手双足齐被截断，两眼也给挖出，不住大叫："魔教害我，定要报仇，魔教害我，定要报仇！"

这之中，有道听途说、口口相传，也有令狐冲的亲身经历。但或真或假，这都构成了当时名门正派人士对于魔教行事的普遍想象：残忍无比。令狐冲要靠重温这些关于"残忍"的记忆而不是其他内容来唤起仇恨，这恰恰说明，"残忍"是判别正邪、划分是非的重要标准。消灭魔教，也正是要消灭这种"残忍"。

因此，一个非常吊诡的现象出现了。在江湖群雄最重要的两项事业里——无论是为国家抵抗来敌，还是诛灭魔教，得以维持的情感基础都在于他们对"残忍"的义愤，因此群雄要抵抗"残忍"、消灭"残忍"。但恰恰是这样一个江湖，在具体到微观的层面时，却偏偏对"残忍"有一定程度的容忍，并将"虚伪"而非"残忍"视为首要的恶行。

三、以"残忍"为手段消灭"残忍"

汉娜·阿伦特在《论革命》中分析过"同情"与"怜悯"

的不同。

在她看来，"同情"的对象是一个具体的个体，所感知的是一种具体而真切的苦难，"同情是因别人的痛苦而痛苦，似乎痛苦是会传染的"。但与此同时，同情却很难施加于宏大的集合，"缺乏普遍化之能力"。

"怜悯"则不同。"怜悯"的对象是一个抽象的整体，即"将受苦者非个体化，把他们打包成一个人民、不幸的人、受苦大众，等等的集合体。"因为它所面对的不是一个个活生生的个体，所以阿伦特认为怜悯是一种"毫无切肤之痛下的悲痛"。

"怜悯"不能说和"同情"毫无关系，它最初也是从对具体苦难的感知出发，但扩展对象的过程中，它成为一种对同情的扭曲，最终"生于痛苦，却不受痛苦指引"，进而变得"冷漠而抽象"。经过不断的延伸与变形，"怜悯"已经离具体的苦难感知太过遥远，它"缺乏切肤之痛并保持着产生情感的距离"。

在金庸江湖中，当杨过、张无忌目睹敌兵屠戮无辜百姓妇孺时，当令狐冲回想起魔教以惨无人道的手段折磨普通武师时，他们感同身受的，都是惨遭不幸之人的真切苦难。这种情感纯粹而强烈，所激起的是制止暴行、对抗施暴者的简单决心。这个过程无暇他想，也无暇做过多的推论。

　　一旦"抗击外敌，恢复中原"和"判定正邪，铲除魔教"成为江湖中两项持久的主业，我们会发现一个现象，群豪对"残忍"本身似乎已经没有那么敏感，甚至为了达成这两件事情的最终目标，而不惜自己去做一些残忍的事情。

　　一个常被提起的例子是灭绝师太在明教锐金旗教众无法抵抗后，仍然疯狂切割他们的手臂。割裂他人手臂这件"残忍"的事情似乎不再重要，血肉淋漓的景象已经无法触动她的同情心，感同身受的情感被一个更恢宏的目标所遮盖。这个目标就是铲除魔教，消灭对于全体武林的大号"残忍"。

　　如果说灭绝的行径还可以从"义愤"的角度予以辩护，张无忌允许属下放火这件事情则无论如何都说不过去。明教群豪为了救出被囚禁在万安寺中的六大门派高手，决定四处放火，焚烧民房，以扰乱敌人视线。张无忌犹豫过一阵，"觉得未免累及无辜"。杨逍则说"世事难两全"，他说服张无忌的理由是："咱们救出六大派群侠，日后如能驱走鞑子，那是为天下千万苍生造福，今日害得几百家人家，那也说不得了。"

　　此计划一旦付诸实践，可能会酿成几百户人家或被活活烧死，或房宅被毁的惨剧。这种残忍行径在杨逍口中成了为实现宏大目标而"难两全"的必要代价。杨逍等明教群豪不在乎"残忍"吗？当然不是。他们在乎一种整体性的更大的"残忍"。"驱除鞑子"便是消除更大的残忍，为了这一目标，实施小的残忍似乎无可厚非。同样，为了这一宏大目标，他们面对老百姓亲人烧死、家宅被毁这种直观的惨象，必须保持铁石心肠。

为了消除更大的"残忍"，韦一笑可以高喊着"处大事者不拘小节，哪顾得这许多"去残忍地抢劫路人的马匹。为了消除更大的"残忍"，陈家洛可以说服自己的爱人去给皇帝做老婆，却全然不想这件事情对这位活生生的身边人有多么"残忍"。

这种逻辑的终极形态就是《笑傲江湖》中嵩山派群豪对刘正风家人弟子的疯狂屠杀：

> 大厅上群雄虽然都是毕生在刀枪头上打滚之辈，见到这等屠杀惨状，也不禁心惊肉跳。有些前辈英雄本想出言阻止，但嵩山派动手实在太快，稍一犹豫之际，厅上已然尸横遍野。

但更为惊悚的是，介意"残忍"并因"残忍"而深恨魔教的名门正派人士，竟认为嵩山派的残忍行径在道德上无可指摘："各人又想：自来邪正不两立，嵩山派此举并非出于对刘正风的私怨，而是为了对付魔教，虽然出手未免残忍，却也未可厚非。"

　　在他们看来，出手残忍屠杀妇孺儿童，是为了对付魔教，是为了正义消灭邪恶，是为了更大意义上消灭整体性的残忍。于是乎，当下直观的真切的残忍，却成了最不重要的事情。

　　砍俘虏手臂的灭绝师太、预谋纵火的明教群豪、将女友送给皇帝的陈家洛、围观嵩山派屠杀暴行的名门正派人士，当他们置身于"正义"事业里，就如阿伦特分析的那样，他们不再"同情"具体的个体，而是空泛地"怜悯"一个抽象的宏大整体。

　　与此相呼应，这个以抽象整体为"怜悯"对象的宏大事业，目标却是消除最大的残忍。为了这个目标，残忍的手段是可以被接受的。

　　这与阿伦特的论述如出一辙。阿伦特认为，这种"怜悯"所导致的政治后果"业已证明比残酷本身更残酷"。对残忍的不接受，不再是对具体生命个体遭遇残忍命运的深切同情，而是"为了历史进程……他们将个人牺牲掉而毫无悔意"。她列举了在法国从巴黎公社某区陈情书到国民公会随处可见的一些话语："以怜悯和爱人类之名义，你要变得冷酷无情。"

　　当江湖群豪距离一种直观的同情心越来越遥远，他们对"残忍"的厌恶也越来越抽象，内心越来越冷漠。大残忍与小残忍、目标与手段、当下与长远——这些概念竟然

成为可以不断推算和计量的东西。我们很难想象杨过面对
矛头上挑着幼童的蒙古兵时，脑子里会做这么多推理、取
舍和计算。

最终，具体的过程变得不重要，抽象的目标成为压倒一
切的宏大信念。为了完成消灭残忍这一正当使命，制造残忍
变成了正当的。

四、"伪君子"令狐冲

这项以消灭整体性残忍为己任的宏大事业，是如此重
要，为了达成这一目标，连"制造残忍"都不过是必要的
代价。同样，它也必须是纯粹的、容不得杂质的。它是不
能被腐蚀的。

阿伦特写到，罗伯斯庇尔及其信徒深信心灵之特性即是
美德，因此他们要追溯革命时期人们行为背后的动机，要审
查每个人幽暗的内心。被审查的对象当然也包括他们自己，
所以罗伯斯庇尔"每天都要公然表演他的'不可腐蚀性'"。
揭露伪善、清洗伪君子，成为法国大革命后期一个非常重要
的组成部分。

在金庸江湖中，人们也非常热衷于审查他人的内心是不
是绝对忠诚于两项重要的事业。《笑傲江湖》中第一个被当

成"伪君子"的，不是岳不群，其实是刘正风。当他被污名为魔教同党之后，在众人眼中他成了一个表里不一的坏人：内心背叛侠义事业但仍然披着名门正派的衣衫。

第一个被严格审查心灵是否被腐蚀的，则是主人公令狐冲。一回到华山，岳不群就不断深挖徒儿的内在自我，进行灵魂深处的拷问："我只问你，今后见到魔教中人，是否疾恶如仇，格杀无赦？"在发问前还尤其要强调徒儿应把内心真实袒露："此事关系到我华山一派的兴衰荣辱，也关系到你一生的安危成败，你不可对我有丝毫隐瞒。"

对于魔教中人，是否应"不问是非，拔剑便杀"成了困扰令狐冲的灵魂之问。为此，令狐冲要面壁思过，进行激烈的思想斗争。

当你还身在这名门正派之中，还在"铲除魔教"的"正义"事业之中，一旦你的内心被腐蚀，你便是某种意义上的伪君子了。当令狐冲被岳不群革除门墙之后，他遭到了匪夷所思的污名化，为整个正派武林所不齿。在正派武林群雄眼中，他和刘正风一样，正义的衣冠下掩藏了被魔教腐蚀的邪恶内心。从这个意义上，他们均先于岳不群成了江湖中的"伪君子"。

在元朝末年轰轰烈烈的恢复大业中，名门正派也从来没有放弃对张无忌的质疑。要么怀疑他一开始就和汝阳王府狼狈为奸、联手演双簧，要么怀疑他后来被"妖女"赵敏的美色迷惑而暗中倒戈。总之在不少"正义人士"的想象里，张无忌总摆脱不了言行与内在不一致的虚伪嫌疑。一旦他被怀疑是别有用心，那么他现实中做得越有利于武林，越是包藏了更大的祸心。

阿伦特认为理解"伪善"问题的关键在于"存在与表象的关系"。她为此追溯到了苏格拉底和马基雅维利的著作。与阿伦特不同，金庸江湖中伪君子的哲学根源，早已深深蕴藏在名门正派对武功的理解之中。

金庸江湖中，名门正派尤其强调内功与心法的根本性与纯正性。全真教的招牌是"玄门正宗"的上乘内功；武当派号称"内家拳剑之祖"；不同时代的少林寺，最高阶的武功或是易筋经，或是九阳功，都是内功心法的范畴。内功心法为体，外在的拳脚刀剑为用。

《笑傲江湖》中强调"气是纲""剑是目"的华山派气宗的胜利，看似是偶然，其实是整个金庸江湖名门正派对武功内外差别理解的"绝对精神"在风清扬和岳不群时代华山派这一特殊时空的具体呈现。

正是因为内在的功夫如此重要，保持它的纯正极有必要。内功心法的传授都是私密的，是带有身份标识的，故而金庸小说中多次强调：招数可以偷学，但是心法无法偷学。为了保持这种纯正，修习功夫的过程尤其强调循序渐进，本立道生。故而全真教弟子短期内不如白驼山传人，武当七侠需假以时日才能与明教法王一战。内功驳杂不纯，或受到邪魔外道的腐蚀，是习武者最恐惧的事情。

在武林世界的想象中，内功从来不只是工具性的东西，它同样是一种哲学境界，影响一个人的习性、认知乃至价值观念。这种对于内外差别的理解逐渐成为一种普遍的看法和思维方式，个体的内在世界就变得无比重要。当这种普遍观念具体到"江湖侠义事业"之中，保持对事业的内在忠诚、从灵魂深处追查"被腐蚀者"也就成了头等紧要之事。对虚伪的极端痛恨，变得顺理成章。

但这种极端痛恨却带来了非常严重的后果。

这一方面导致了人们对于他者内在世界的洁净程度有着洁癖一样的敏感，于是出现了无穷无尽的灵魂拷问。更可怕的是，还有左冷禅等人借此为名，为杀戮大开方便之门。

另一方面，不是每个金庸世界的帮派首脑的内在都能符合严苛的道德要求。但表率不能不做，内心不纯，也要装纯。你我的内心无法被人读取，但言行可以呈现于天下。罗伯斯庇尔乃"不可腐蚀之人"，仍然要时不时公开坦露心迹，何况可能被腐蚀的众家掌门？但凡哪个掌门口中的仁义道德喊得不响，或者对魔教中人没有表现出切齿的仇恨，他都会担心自己内心的纯正程度被别人怀疑。于是，一些内心蝇营狗苟的人，越发要表现得道貌岸然和疾恶如仇。真正的岳不群诞生了。

五、江湖中人对恶的容忍度

施克莱认为人们将"虚伪"而不是"残忍"视为首恶，或与宗教有关。能当得起"首恶"的，必须是冒犯了至高无上的超越者和神圣秩序。残忍，是对造物所犯下的罪，伤害的是"人"。但虚伪则是在破坏内在纯洁，如果将其纳入宗教的视域，伪君子是要试图"蒙蔽万能的上帝"。

伪君子灵魂深处的"不纯正"，直接影响的，是宏大的侠义事业。人们因此深深痛恨虚伪。令狐冲内心是否被腐蚀，是否做到对魔教中人拔剑就杀，在岳不群看来，事关令狐冲个人"一生的安危成败"、华山派"一派的兴衰荣辱"。大概他想说而未说的，是还事关整个天下名门正派铲除魔教大业的成败。

就像施克莱所言，在西方人理解中"残忍"所冒犯的不是最高的超越者，它在金庸江湖中冒犯的也不是最高的侠义事业。残忍所针对的对象，往往是龙套、配角，甚至是连名字都没有的百姓。在江湖群雄心中，那些本就是可以为了消除更大的整体性残忍所付出的代价。

这样就造成了一种极为诡异的局面：江湖中最重要的两项事业，都是源自对"残忍"的厌憎和对苦难者的同情，但为了推进这两项事业，人们所厌憎的"残忍"反而一定程度上是被允许的。"虚伪"事关内心对这两项事业的忠诚，因此成为最不可接受之恶。恰恰是对内心纯正程度的不断追查，催生了真正的伪君子。

为了消除更大的"残忍"，江湖群豪可以不管手段是不是"残忍"。可如果不能对每一个无辜百姓的苦难感同身受，金庸江湖中整体化"怜悯"的对象将是模糊不清的。"千千万万的人"如果不是张三、不是李四，最终就只能抽象成天地会万云龙的"万"字，其含义云山雾罩、语焉不详。

将对一个苦难者的同情，推及更多人，是一项极为可贵的美德。但在这个过程中一定不能忘记：再多的人、再大的群体，也不该是抽象的，也是由每个具体的人构成的。每一个生活在万安寺旁民居里的老百姓，都应该是张无忌和明教所同情的对象，而不是预谋牺牲掉的棋子。一旦忽略这一点，整个江湖对残忍容忍度会越来越高，岳老三、谢逊对无辜者砍瓜切菜般的滥杀，注定会被原谅。

没错，江湖对伪君子倒是接近零容忍，岳不群、汤沛固然得不到原谅，但与此呼应，任何人都可能会"岳不群"化。因为会有很多双眼睛，始终盯着你，试图穿透你的衣衫与皮肤，直抵灵魂深处，随时捕捉你不符合江湖价值尺度的任何一个微小的念头。因为在岳不群的放大镜下，你的心电图上的每一道波动都关系到"一派的兴衰荣辱"和"你一生的安危成败"。

附录一　桂王拥唐与天地会拥桂

从《鹿鼎记》的一处历史错误说起

一、天地会与沐王府在争什么

《鹿鼎记》称得上金庸小说中最重要的作品之一。在被多次翻拍成电影和电视剧之后，可说是妇孺皆知。《鹿鼎记》中，天地会和沐王府之争是推动后续故事发展的关键情节。但恰恰是这一关键情节，金庸先生无意中搞错了一个重要史实。

天地会与沐王府之争，实质是"拥唐""拥桂"之争。明朝灭亡之后，其残余势力曾前后在南方建立了多个抗清政权，史称南明。所谓"唐"，就是由明朝宗室中的唐王一系建立的政权。所谓"桂"，则是由宗室中桂王一系建立的政权。

在小说里，天地会是郑成功的下属，郑成功、郑经父子

是拥护唐王的，天地会自然亦步亦趋。沐王府前任主人黔国
公沐天波为桂王而死，沐氏一系也是始终忠于桂王的。虽然
大家同是朱明故臣，但天无二日，国无二君，大明江山，只
能有一个正统、奉一个正朔。尽管万里关山已尽属清廷，但
天地会和沐王府还是热衷于窝里斗，争得不亦乐乎，颇得"我
得不到，你也别想得到"的现代言情剧之真传。

在争执时，沐王府的白氏兄弟说："皇上在缅甸晏驾宾天，
只留下一位小太子，倒是位聪明睿智的英主。"这里所说的
在缅甸晏驾宾天的皇帝自然是指桂王。天地会的徐天川反驳：
"真命天子好端端是在台湾。"他所说的真命天子即唐藩系统
的继承人。

在另一次争论中，天地会骨干成员祁清彪直接指出："隆
武天子殉国，留下的朱三太子，行宫眼下设在台湾。他日还
我河山，朱三太子自然正位为君。"隆武是唐王朱聿键称帝
之后的年号。沐王府中的决策人物元老柳大洪则强烈坚持：
"永历天子乃是大明正统，天下皆知，你可不得胡说。"

上述两段争执中，沐王府一派所说在缅甸晏驾宾天的皇
帝正是桂王朱由榔，其年号"永历"。他在缅甸落入清军之手，
在昆明遇害。所谓"聪明睿智的英主"，意指永历帝隐于民
间的子嗣。天地会所说的"隆武"则是唐王朱聿键称帝后的
年号。

《鹿鼎记》里的天地会不承认桂王帝位的合法性，他们只承认唐王"隆武天子"朱聿键，以及唐藩系统内朱聿键的弟弟"绍武天子"朱聿鐭。同样，沐王府也不承认唐王一系，提及"隆武天子"，称"唐王"而不称陛下。在他们眼里，真命天子只是桂王一系。

然而事实真的如此吗？唐王和桂王之间是否真的有纷争？郑成功及其子郑经真的支持唐王吗？郑氏家族经营台湾时，台湾真的有一位小皇帝吗？

二、风波之前：桂王甘为唐王臣子

在真正的南明历史中，唐藩系统与桂藩系统的关系远远没那么简单。

崇祯帝自缢、明朝灭亡之后，藩王中的福王朱由崧在众人的拥戴下登基，定都南京，建立了南明的第一个政权：弘光朝廷。这是一个基本上被明朝各路地方势力所承认的政权。但好景不长，弘光朝廷很快被清军消灭，皇帝被俘，其后不久，监国朱常淓投降。

国不可一日无君。福王的弘光政权已经被消灭了，那么接下来该谁来做皇帝呢？唐王、桂王无疑都有可能。

从血缘亲疏上来讲，桂王无疑更近。桂王朱由榔（当时尚未继承桂王的爵位）与崇祯皇帝是同一个祖父的堂兄弟，而唐王朱聿键，则仅仅和崇祯皇帝拥有共同的祖先朱元璋，如果说他们是堂兄弟也勉强可以，但毕竟是"远堂"，而且不知已是"堂"的多少次方。

　　但唐王还是有其他优势的。历史学者顾诚在《南明史》中指出，朝中大臣之所以拥护唐王，有三方面原因。一是桂王距离南明统治中心太远；二是"唐藩封地为河南南阳"，刘秀老家也在南阳，这就应了刘秀复汉的传统政治想象；三是唐王朱聿键个人非常优秀，自幼饱经磨难，"在明朝藩王中确实是位鹤立鸡群的人物"。这里最重要的恐怕是第一点，即唐王在地缘方面的优势。他当时第一时间来到福建，而桂王的势力远在两广。如果说建政福建是偏安，那么称帝两广就是偏安到天涯海角了。同时，在东南地区建立一个政权，比建立在两广或西南，也更加切合抵御清军、恢复中原这一政治理想。在没有现代交通工具的年代，两广距离中原的路途，光看看地图就觉得辛酸。所以，对于抗清事业而言，"唐王称帝"显然比"桂王称帝"更具有合理性。

　　就这样，唐王朱聿键顺利称帝，他的帝位基本得到了南明各路势力的承认，当然也包括桂藩系统。当时朱由榔父兄尚在，他还不是桂王。其父兄病逝后，隆武帝朱聿键（唐王）亲自遣使册封朱由榔为桂王。朱由榔当然接受。因此，连朱由榔"桂王"的爵位，都是由隆武帝朱聿键（唐王）册封的，朱由榔不仅承认隆武帝帝位的合法性，而且明确以臣下自居。

要说有人对隆武政权不服，那也不是桂王朱由榔，而是鲁王朱以海。唐王朱聿键称帝之后不久，鲁王朱以海在浙东被拥立为监国（代理皇帝）。起初是因为消息闭塞，鲁王所在的浙东的一带，并未第一时间得知唐王称帝的消息，才闹出"一国二主"的乌龙。唐王——也就是隆武帝朱聿键的号召力和声势远大于鲁王朱以海，迫于压力，朱以海曾一度宣布退藩，放弃监国之位，但不久又被部下迎回，始终自外于隆武朝廷，不奉年号，自行其是，拒绝臣服。双方一直摩擦不断，甚至发展到互杀来使、互挖墙脚人形同敌国的地步。

唐王（隆武帝）、鲁王之争，是题外话，我们回到"唐王与桂王"的话题上来。是不是我们据此可以简单地得出结论，说唐藩系统和桂藩系统不存在争端，《鹿鼎记》的"拥唐""拥桂"之争纯系子虚乌有呢？

答案并非如此。因为称帝的唐王，不仅仅只有一个隆武帝朱聿键。

三、"一国二主"风波：桂王不承认新唐王

1646 年，清军大举南下，击溃鲁王朱以海的主力，横扫

浙东，进军福建，隆武帝在汀州被清军俘虏，不久遇害。

　　隆武帝朱聿键遇害，南明再一次失去了皇帝。鲁王朱以海势单力薄，始终没有得到各路诸侯的待见，再加上他主力被击溃，被迫居于舟山群岛，已不再是皇帝的最佳人选。居于两广的桂王朱由榔乃"神宗嫡胤"，逐渐得到各方力量的拥护，被推到了历史的前台。

　　1646 年 11 月，朱由榔任监国，12 月称帝，年号永历，也就是沐王府群雄时时挂在嘴上的"永历天子"。然而就在朱由榔出任监国到称帝这一个多月的时间差里，意想不到的事情再次发生了。因为有人在这段时间里，突然称帝，南明又一次出现了"一国二主"的诡异局面。那个人是唐藩系统的朱聿鐭，是隆武帝朱聿键的弟弟。

　　隆武帝遇害后，他的弟弟——也就是续封的唐王——朱聿鐭，逃到了广州，得到了一部分大臣的支持，被拥立为监国，并迅速称帝，年号绍武。他的目的是抢在永历帝朱由榔前面称帝，造成已登上皇帝宝座的既成事实。

　　永历帝朱由榔虽然之前承认隆武帝，但他死活不承认隆武帝的弟弟，估计他感觉自己被要了：明明是朕先任监国，你凭什么又任监国？

　　朱聿鐭一定会回答：虽然你先任监国，可是朕先称帝的。

　　朱由榔大概会说：朕是神宗嫡胤，论继承次序，远优于你，你血缘偏疏，算哪门子穷亲戚？

朱聿鐭回答起来毫无压力：血缘亲疏要看从哪一代皇帝开始论。你从神宗那里论，朕不及你。但朕的哥哥就是隆武皇帝，为天下拥戴。从隆武皇帝这儿论，你能有我亲？兄终弟及，哥哥不在了，自然由朕继承大统。

公说公有理，婆说婆有理，既然争论不出个子丑寅卯，他们决定抄家伙刀头上见真章。绍武帝朱聿鐭派出大军攻打永历帝朱由榔所在的肇庆，永历帝也忙派人迎战，双方战作一团。这段内讧历史，就是《鹿鼎记》中天地会和沐王府群雄七嘴八舌描述的："桂王听了手下奸臣的教唆，派了一个名叫林桂鼎*的，带兵来打广州……""唐王先派兵去攻肇庆，我永历天子才不得已起而应战。"最终的结果是，桂系永历帝一方惨败。

故事发展到这里，大家一定以为唐王一系的朱聿鐭君臣成为赢家，像公主和王子一样从此过上了幸福的生活。其实不然，历史老人像一个侦探小说家一样，让故事来了个惊天大逆转。

---

*　应为林佳鼎。金庸小说多个版本均误作"林桂鼎"，疑为排版之误。

四、桂王通吃各家

正当朱聿鐭君臣因战胜永历帝而沾沾自喜的时候，清军再一次挥师南下，以闪电般的速度扫荡广东，并封锁战事消息，伪装成明朝军队，奇袭朱聿鐭所在的广州。没多久，朱聿鐭被俘，自杀。

于是，南明只剩下了桂系的永历帝朱由榔这一个皇帝了。上一刻还在威胁自己皇位的内部敌人突然就灰飞烟灭了，从此自己只能孤独地面对更强大的外部敌人。

唐王战胜了桂王，清军却消灭了唐王。作为失败者的桂王稀里糊涂就成了胜利者。这就是历史的吊诡之处。

唐、桂之争，其实是绍武皇帝朱聿鐭和永历皇帝朱由榔之争，并不涉及先前的隆武帝朱聿键。

他们的关系可以简单表述为：唐藩系统中的第一位皇帝——隆武天子朱聿键，是基本得到明朝各派势力承认的，桂王也自居他的臣子。但隆武帝遇难后，唐藩系统的第二位皇帝——隆武皇帝的弟弟绍武皇帝朱聿鐭——是不被桂藩系统承认的。

所以沐王府的人作为桂王的拥戴者，没有任何理由不承认隆武天子的帝位。《鹿鼎记》中沐王府提及朱聿键称唐王而不称天子，有违史实。如果说沐王府不承认朱聿鐭，则是符合史实的。

厘清唐王和桂王的关系，其实是厘清了沐王府该如何对待唐王的问题。但问题还没结束：郑功成、郑经父子该如何对待永历帝（桂王）呢？在这个问题上，《鹿鼎记》错得更加离谱。因为郑成功和郑经，本就是永历帝（桂王）的臣子，原和沐王府是一家。

五、先"拥唐"复"拥桂"的郑成功

郑成功早年确实曾经"拥唐"。郑成功的父亲郑芝龙曾是海盗，后受明廷招安。经过多年发展，在东南沿海坐拥雄兵。隆武帝朱聿键之所以能够称帝，与郑氏家族的大力支持密切相关。但郑芝龙专横跋扈，私心自用，对隆武帝无人臣之礼，不听号令，只是挟天子以抬高身价。但据记载，郑成功却对隆武帝礼敬有加，对乃父的做法，颇不以为然。隆武帝对郑成功也甚为欣赏，赐姓为"朱"，便是郑成功被称为"国姓爷"的由来。所以说，郑成功系统曾经"拥唐"，是没错的。

但没多久，郑芝龙投降清廷，郑成功对父亲的行径感到不耻，与叔叔郑鸿逵一道，在东南一带起兵抗清。问题的关键在于，此刻的郑成功，尊奉的是哪个皇帝？

《清史稿》中记载，郑成功在起兵最初，所奉的是已经不存在的隆武皇帝（唐王）之名号。到桂王朱由榔称帝的第三年，也就是 1469 年，郑成功派遣使者千里迢迢朝见朱由榔，正式向朱由榔称臣，奉其为尊，改用永历年号。朱由榔也很大气地封郑成功为"延平公"。

《清史列传》和《海上见闻录定本》都是记载郑成功听到桂王即位，便遥奉年号，奉为至尊。也就是说，尽管郑成功早年是隆武帝的臣属，起兵之初或许也曾短暂奉一个不存在的幽灵政权（隆武政权）的名义行事，但最迟到 1649 年，就已经成为永历帝（桂王）的臣子。

六、偏爱幽灵政权

说来也巧，似乎郑氏家族和幽灵政权有缘。多年后的 1662 年，永历帝朱由榔落入清军之手，并被绞死，永历政权实际灭亡。郑氏家族在东南沿海坐拥甲兵，仍作为重要的政治势力存续。但在此后的漫长岁月中，郑成功和他的儿子郑经仍奉"永历"年号，尊一个早已不复存在的朝廷。《清史稿》记载，甚至到康熙十三年，三藩之乱的时候，郑经仍然在使用永历年号，而那时，永历帝朱由榔已经遇害十几年了。

那么在郑成功、郑经父子经营台湾之时，那里究竟有没有一个"天子"呢？当然是没有的。郑氏父子一直是奉远在西南的永历帝为尊的，如前文所述，就算永历帝已死，郑氏父子仍然打着永历帝的旗号行动，自然不会另立其他人为天子。

其实，郑氏父子身边的明朝宗室着实不少，前面所提到的鲁王朱以海仍在东南，时刻需要郑氏给予物资支持。宁靖王朱术桂则一直住在台湾，享受了郑氏父子水电全免、吃住全包的待遇。但郑氏父子始终以藩王之礼待他们，从来没想过把他们中的哪个立为皇帝。

起兵伊始，郑成功不奉近在咫尺的东南沿海一带的朱明宗室，却遥奉千里之外、远在两广的永历帝。后来，郑氏父子宁可使用一个覆亡政权的年号，也不愿意另立身边的宗室为新君。这是为什么呢？很多研究南明史的学者都认为，是因为郑成功、郑经父子希望远离天子，免于掣肘，以独掌东南军政之事。天高皇帝远，就可以专断一方。如顾诚在《南明史》中指出，"郑成功一贯的思想是，'东南之事我为政'，不奉近在咫尺的鲁监国而遥奉永历，并不是朱由榔在血统上近于帝室，而是欣赏'天高皇帝远'"。

那么为何不选择立个傀儡皇帝，"挟天子以自雄"呢？在儒家观念深入人心的明代，不遵人臣之道的权臣，几乎一定会留下奸恶之名。隆武帝身边的郑芝龙、永历帝身边的孙可望，都是前车之鉴。郑成功以忠良自居，自是不屑于此。

而且，当年郑芝龙不敬隆武帝的做法，很让郑成功不耻，即使出于对父亲的心理叛逆，郑成功也决不会重蹈覆辙。于是，选择尊奉一位远在天边的皇帝，他自己一样可以做任何想做的事情。

所以在郑氏父子经营台湾期间，他们是不可能在身边留一个皇帝的，更不可能另立一个身边的宗室子弟为帝。《鹿鼎记》里，天地会群雄所谓"真命天子在台湾"云云，估计连郑经都要大大摇头，表示自己不知道这回事。

简单地说，郑成功确实曾经拥立过唐藩系统，但在《鹿鼎记》故事发生的年代，郑氏父子早已是永历帝（桂王）的臣子，他的部众不可能和忠于桂王的势力发生冲突，因为大家都"拥桂"。也就根本不会出现什么"拥唐""拥桂"之争。同样，郑氏经营的台湾也不可能留着一位可能掣肘自己的真命天子。

如果历史上真的存在《鹿鼎记》小说中所设定的天地会和沐王府，他们的关系应该是这样的：在郑氏拥唐的时候，桂王也拥唐，所以天地会和沐王府都拥唐。在桂王自立的时候，郑氏旋即拥桂，故而天地会和沐王府皆拥桂。在"拥唐""拥桂"问题上，天地会和沐王府不是你死我活的敌人，而是同进同退的战友。尽管造成"同进同退"的原因是非常偶然的。

　　对于《鹿鼎记》来说，最讽刺的史实是，隆武帝朱聿键（唐王）死后,他的庙号"绍宗",是由永历帝朱由榔（桂王）所上。永历帝朱由榔（桂王）遇害后，他的庙号"昭宗"，实际是由郑成功的儿子郑经（小说中天地会的最高指挥）所上。给某人上庙号，无疑是对其皇帝地位的承认。历史中的这一幕在小说中无论如何也解释不了：桂王为唐王上了庙号，而小说中"拥唐"的天地会大哥却在为桂王上庙号。

附录二　数学习题集里的少林"秘笈"

一

人们常用人生阶段来比喻历史时段，如把古典时代称为"人类的童年"。其实将本体和喻体倒转过来，似乎也说得通。

童年如尚未"祛魅"的古代世界，稚子眼中，草木山川皆有灵魅，空气中到处闪耀着超验的光芒。经过漫长的启蒙岁月，我们思虑趋近成熟，渐渐长成了血气方刚的青年，就像进入了理性与奋进为主题的工业时代。等人到中年、书剑无成，登楼怅望，看断雁南飞却只道天凉好秋时，心境又会有所不同。叹一声世事沧桑，恰如人类社会进入了一个不那么超验也不那么世俗的"后世俗时代"。

我在四五岁的时候，受奶奶的影响，笃定地相信世上有龙。飞龙在天，则"油然作云，沛然下雨"，这是我对自然世界的最初理解。至今还记得，当姨妈告诉我世界上没有龙时，我那种失望彻骨的感觉，有如看到世界崩坏。回忆往事，我大概能理解《冰与火之歌》里魔法衰落时代小恶魔对"龙"这种生物的无限驰想。

等到读初中时，我早已不再迷信神话故事。嫦娥奔月，登上的不过是一个坑坑洼洼的大星球；六龙回日，其实交织在太阳周围的只是热等离子体与磁场。但这可是初中岁月啊，凡所入眼皆是诗的青春时代。擦黑板四下扬洒的粉笔末如自在飞花般轻盈；柳叶上垂下的一条条淡绿的尺蠖似乎也温柔如无边的丝雨。不再相信"有神"的神话，但必须有"拟神"的神话，一个你我也可以参与的神话。再没有土地公公、嫦娥娘娘、东海龙王，但有英雄、有江湖、有快意恩仇。

"飞雪连天射白鹿"，猝不及防，金庸扑面而来。

二

第一次读金庸小说是初一的暑假，在舅舅家借来了一套《天龙八部》，薄薄的十册。封面的醒目位置，画着一位裸着双臂的老僧，瘦骨嶙峋、姿势古怪，神秘而滑稽。一读之下，如痴如醉，百万字巨著，几天读完。开学后，我心中涌动着一种要把如此精彩的故事分享给好朋友的冲动。那时是九十年代末，已过了金庸最流行的时代，同学中读过原著者几乎没有。我凭着记忆，每天课间休息、放学后，便把《天龙八部》原著的故事说书一样一段一段口述给我最好的朋友 L 君。我说得唾液横飞，他听得热血沸腾。

讲到群雄齐聚少林寺时，已是某日的傍晚。太阳西沉，该是各自回家的时候了。我说下回咱就要讲萧峰三兄弟大战老魔小丑、慕容博萧远山复活、扫地神僧现世了。他的眼神中也闪着期待的光芒。我们匆匆道别，没多久，我就接到了爷爷去世的消息。请假回老家数日，忙完爷爷的身后事，我也病了一场，嗓音沙哑、嘴巴长满水泡。等到再见 L 君、书接前文时，已恍若隔世。我突然有种大哭一场的冲动。

等讲完《天龙八部》，开始讲《射雕英雄传》。这套书舅舅没有，我时不时去新华书店翻几页看个大概，没看全的地方便靠看电视剧的印象和自己的想象胡编乱造一通，L 君也听得津津有味。等到看全"射雕"，已是几年以后。

舅舅倒是有《神雕侠侣》，厚厚的三大本。那时已是初二的寒假，天寒地冻，家里没有暖气，我便每日蜷缩在厨房里看书。假期也见不到同学，母亲常下班很晚，我一个人读着读着，窗外便已是薄暮。厨房灯光昏黄，窗外北风凄冷，自己倍感孤独。想想书中人物的命运，心中一阵悲凉。

读《倚天屠龙记》时，却是春暖烟晴的日子。这样的良辰美景总会惹出无限少年心事。明明倾盼明妍，韶容旖旎，可越是欢喜，越要装作不相干。于是出言便是拌嘴、张口就是抬杠。那时我抬起杠来，妙语连珠，其实很多句子是借鉴了《倚天屠龙记》里彭莹玉故意激怒丁敏君的那些言辞。

然而，既有少年心事，自然也少不了少年愁绪。所谓"年来花意亦难猜"。秋雨如愁之际，便是我庸人自扰、患得患失之时。时时月下伤怀、每每抱影无眠。

更巧的是，L君刚好买了《笑傲江湖》，喜滋滋地借给我读。最有触动的是令狐冲在思过崖上思过的那部分故事。随着岳灵珊哼起福建山歌，美好的往事如落花般瓣瓣飘零，心有不甘，却无可奈何。此中怅然，竟感同身受。待读到令狐冲伤重难愈、心灰意冷时，深秋已见寒意。我鼻炎发作，头痛欲裂，从阳台向外面望去，只见残阳似血、天地萧瑟。

和金庸相关的记忆可不仅是"为赋新词强说愁"。他书中常有"豪气陡生"，我们读着读着，也会跟着"豪气陡生"。有一日突发奇想，和关系最好的四位朋友约了周末到山上结拜。那天下着小雨，我们兴致很高，一路背着诗来到黑龙潭边，大家谈天说地、纵论古今，决定仿先贤，自号"泰山五友"。天越来越冷，雨越下越大，五个人一边指点江山，一边被淋成了落汤鸡。我们几个都是周末较少出门的乖学生，雨大不归，又没有手机，家长非常着急。等平安回家，各少不了一顿数落。有的家长焦急之下，还联系了班主任老师。第二日到校，我们便享受了——谈心的专门待遇。

母亲时不时会严格控制我读课外书。每到周日晚上，她会把我最喜欢的书锁在柜子里。我读《鹿鼎记》时，正赶上母亲"图书严控"时期，周末完成作业，猛读几章，正读到韦小宝庄家鬼屋遇险，母亲刚好下班回家把书收走。欲知后事如何，须待一周之后，顿时百爪挠心，做梦都在猜想故事的走向。

没多久学校要开运动会，没有项目可参加的我在观众席狠看了两天书，"一气风云吐纳间"，一口气把《鹿鼎记》看完。闭幕式上，秋高气爽、彩旗飘扬，数十个班级排成纵队，声势浩大，站满操场。我默念一句"云点旌旗秋出塞"，心想抚远大将军鹿鼎公韦小宝北征的队伍，大概也是如此雄壮罢。

三

那时我们不仅读金庸，还试着练"功夫"。

我们当然知道小说里的神功是虚构的，但对"功夫"本身，内心仍然抱有一丝期冀。万不可跟着小说学，却可以找更权威的书籍。

　　L君悄悄翻出他外公的老年健身杂志，在里面找到了《少林易筋经》的文字和图示。那时没有手机可以拍照，他便一笔一画地用钢笔照抄下来，涂涂抹抹，满满两三页信纸。

　　至今我还清楚记得，L君抄写下的《少林易筋经》第一式叫"韦陀献杵第一式"，第二式叫"韦陀献杵第二式"，第三式叫"韦陀献杵第三式"。当看到这里时，我强烈怀疑L君在忽悠我。幸好第四式的名字不再重复了，我才相信这个抄本是可靠的。

　　记得有一式叫作"倒拽九牛尾"，我常在同学面前表演。那时傻乎乎的，全不知大家起哄的嬉笑声中带着善意的嘲讽。反正大家笑了，便觉得挺美。我越练越觉得这像一种不带广播的体操，但这不妨碍我把易筋经一招一式"传给"新转学来的另一位好朋友Z君。我煞有介事，他也一本正经，配合我夸张的表演。

　　我有时在母亲单位上做作业，常遇到在周围闲逛的一个小伙子。他二十几岁年纪，个头不高，身子精壮，都是街里街坊，聊几句天就认识了。他称赞我是学武的苗子，应该去少年宫习武。说到激越处，突然训斥起我来，说我不练武就可惜了。我问他如何称呼，他说姓张，天下第一张。

　　这样有传奇色彩的人我遇到过不少。母亲单位附近有个快餐馆，我有时在那里吃饭，渐渐和两个经理也熟悉起来。一位经理言谈豪迈、手臂肌肉虬结，据说常常健身、颇通武艺。他须发微卷，喜欢穿一身绿色军大衣，我便暗自称呼他为"青甲狮王"。另一位副经理，身子高瘦，文文弱弱，说话细声细气，带有南方口音。可他给我演示了一招擒拿手，惊为天人。他还把这一招传授给我。我想到了《天龙八部》，便自行把这一招命名为"缠丝擒拿手"。

　　L君还在他外公的系列健身书籍上抄下来一套气功口诀，对着月亮吐纳，吸天地之精华。我们带着玩笑的心态练来练去，发现没什么效果，于是动了别的念头：买一本专门的武术书。那时新华书店图书种类有限，买到这种书不是一件容易的事情。

　　说来也巧，L君在一本杂志的中缝广告里发现有个杂志社在卖各种武术书籍，其中有一本叫《少林秘技七十二点穴擒拿术》，书名十分拉风，深合我们的心意。想想金庸世界里的少林七十二绝技吧，哪一项不是惊天动地、震古烁今？说到刚猛，简直有"摧筋断骨、震破内家真气的大威力"，说到优雅，指中有拈花妙法，掌中有般若妙力。这是何等了得！

　　我们好不容易凑够了钱，便匆匆去了邮电局，将钱汇给那个杂志社。然后就是掰着手指头算日子。对方非常信义，没多久果真寄来了"秘笈"。

其实所谓"秘笈"，并不神秘，就是一本普通的擒拿格斗教学书。招数颇为繁复，配图清楚但比较简单。也许资质有限，我俩凭图文谁都没有学会。但这本书的意义绝不在于实用与否，重要的是，它给我们枯燥的学习生活平添了无穷的传奇色彩。学不会有什么关系？想想你的数学课本下面正压着一本少林秘笈，那是什么感觉！想想不知情的同学在你的书桌上看到一本点穴绝技，脸上该是什么表情？

那时家长和老师对课外书管控极严，就是普通的课外小说也常被没收，何况这样一本少林秘笈。于是我们灵机一动，用白色挂历纸给它包了一个书皮，L君拿起蓝黑色钢笔写下方方的五个大字：数学习题集。

白亮的书皮，庄重的文字。"数学"与"习题"两个词叠加在一起，大概就是一个初中生的全部噩梦了。但轻轻戳破这噩梦的外壳，一个神秘的江湖世界就在我们眼前鲜活起来。虽然书的内容并不有趣，虽然我们都没有练会什么绝技，但这就是我们的江湖，这就是我们对金庸小说一种堂吉诃德式的实践方式。它很荒唐，也很热血。不记得这个江湖之梦是什么时候醒的了，只知道再翻出这本封皮早已皱巴巴的秘笈时，已经是十几年后，我和L君隔了半个地球。

四

我的家乡在泰山脚下。出门北望，便是泰山。山像一扇墨玉屏风，几乎挡住了整个地平线。我很小的时候，奶奶告诉我，山外再无路。我以为那就是世界尽头。

初中时曾在一张报纸的武侠评论上读到过一句诗"一剑光寒十四州"，感觉写得好，便默默记在心里。那时不知这也是一本小说的书名，也不知贯休原诗本是"一剑霜寒十四州"。但有一个疑惑，十四州到底是什么意思？在一个少年的想象里，十四州就是天下了。

后来读到"兴酣落笔摇五岳，诗成笑傲凌沧洲"，也纳闷"沧洲"是什么。在我和L君的想象里，沧洲，大概就是沧海和神州。该是何等幅员辽阔、浩渺无际。想诗仙一诗既成，天下震惊，只有沧海神州这样的气象，才当得起诗仙摇撼五岳的彩笔。

令人大跌眼镜的是，L君查到了注释，发现"沧洲"并非指沧海神州，不过是水滨隐居之地。我们哈哈大笑，自嘲中也有些许失落。再后来，也知道了十四州不是天下，而是吴越钱王治下的江浙一带区域。

这些误会，也渗透在我们初中读金庸的时代。那时总感觉世界上会有一种伟大，像一本藏之深山的秘笈，正等我找到，也注定为我找到。未来在握，波澜壮阔的江湖，离我不过一步之遥。

初中毕业时，我们兄弟几人来到小洞天。青山流水间，我们踌躇满志、慷慨激昂，仍是大谈一些自己也似懂非懂的哲学和历史的大问题。夕阳西下时，L君背了半首贺鬼头的《六州歌头》：

> 少年侠气，交结五都雄。肝胆洞。毛发耸。立谈中。死生同。一诺千金重。推翘勇。矜豪纵。轻盖拥。联飞鞚。斗城东。轰饮酒垆，春色浮寒瓮。吸海垂虹。闲呼鹰嗾犬，白羽摘雕弓。狡穴俄空。乐匆匆。

大家有些伤感。

此后二十年过得飞快。生活的真相一点点向我们展开。就如泰山不是世界的尽头，十四州不是天下，"沧洲"也不是沧海神州。我们不是天选之子，生活没有传奇的脚本，未来也没有什么神秘的线路图。江湖确实只有一步之遥，等我跟跟跄跄进来，却发现无酒无剑，唯有灶台前的油烟；接踵摩肩的不是天下群雄，而是地铁早高峰的人群。叹一声"遑遑三十载，书剑两无成"，是我唯一接近"剑"的机会。

　　我已经十几年没有见过 L 君了。不知道远在半个地球之
外的他，是否还记得：曾有一本少林"秘笈"，藏在二十多年前，
一张数学习题集的封皮下，以及两个热血少年的心里。

后 记

拖延症的唯一好处是使我有了自知之明：我发现我只擅长写文章开头。我数十年如一日写各类文章开头，写完就拖，导致我的电脑硬盘就像一个专门存储陈年文章开头的仓库，一打开就能闻到时间的味道。

早在金庸先生九十周年诞辰时，我就计划写一组文章。可仅是有了构思，写了个开头，就将文档束之硬盘。我本人则如期进入拖延状态——没错，我只有"进入拖延状态"这件事情从不会拖延。偶尔咬咬牙试图写下去，也只是把接下来的一部分再开一个头。

2018 年金庸先生逝世，悲伤之余，我非常后悔，后悔自己没有在金庸先生健在时把文章写好发表。我甚至有过这样的妄想：我的文章或许能让金庸看到，或许会让他莞尔一笑。这样的妄想无异于癞蛤蟆对天鹅的渴望，但拖延症却使妄想彻底变成了没法再想。

我得写。

拖延症从不和你的雄心壮志做任何对抗，它只是冷冷地看着你。因为拖着拖着，你就把雄心壮志给拖忘了。

于是我在悔恨发奋之后的第二天继续拖延。这一拖，又是几个月过去了。待我写出第一篇文章，已是 2019 年的春天。

这一年在对抗拖延症的战事中，我取得了一些战果。金庸的相关文章，陆陆续续写成了几篇。感谢腾讯的贾永莉老师，是她为我的这组文章提供了最初的发表平台，并给了我非常多的鼓励和好的选题建议。2019 年写的最后一篇是关于金庸江湖中宝藏、秘笈、龙脉的重要性排名的文章，这篇写到大的历史变局中，江湖人物无论拥有宝藏还是掌握着绝世武功秘籍，都无法左右命运。交稿时正值 2020 年 1 月中下旬。时隔数年，回想起来，百感交集。

2020 年开始，因为一些原因，这组关于金庸的文章开始在"澎湃新闻·思想市场"栏目发表。在"澎湃新闻"黄晓峰老师的鼓励下，我在"澎湃新闻"开了一个名为"金托邦"的小小专栏。黄晓峰老师和我聊选题、聊金庸，给了我非常多的帮助和建议，还要经常忍受我的写作拖延症。黄老师于我，不仅是编辑对作者的关系，他对我的帮助更像是一位师长对晚辈的爱护和提携。

贾永莉老师和黄晓峰老师都熟读金庸，我投稿前并不知此事。可谓歪打正着。这也算是因金庸带来的一种缘分吧。这本书能够写出要特别感谢他们。

本书包含的文章，其中《解剖丐帮》（原题目为《金庸宇宙里的丐帮衰亡史》）、《"不义之忠"和"不忠之义"间的慕容四家臣》（原题目为《忠于道义还是忠于恩主：慕容氏四大家臣的悲剧根源》）两篇曾在"腾讯新闻"的栏目中发表。《昆仑掌门何太冲：一个讲"大义"的"坏人"？》《武当恁妪命不同："护短"与"清理门户"》虽然早已写成，却是第一次刊出。《金庸笔下失踪的历史与反抗者的乌托邦》一文在金庸诞辰一百周年纪念日发表于"澎湃新闻·翻书党"。除上述五篇外，正文部分所有文章都曾在"澎湃新闻·思想市场"的"金托邦"专栏中发表，标题有些作了修改。附录中《桂王拥唐与天地会拥桂：从〈鹿鼎记〉的一处历史错误说起》严格来说和正文主题无关，算是一篇历史普及类文章。这篇写得很早，2014年年底写成，2015年发表于"澎湃新闻·私家历史"栏目，原标题为《〈鹿鼎记〉史实错误：天地会与沐王府的纷争》。特别感谢贾永莉老师和黄晓峰老师惠允我把这些文章结集出版。

需要说明的是，即便是已发表过的文章，此次收录时也做了不少内容调整和文字修改，并根据不同的主题进行了章节顺序的调整与编排。这样做的目的是使其"成书"，而不仅仅是"结集"。

特别感谢我的导师刘擎老师和师母殷莹老师。多年前我们做学生时，刘老师就从不禁止我们做这些"不务正业"但很"好玩"的写作。他向来鼓励我们按照自己的兴趣多元发展。即便我已毕业多年，刘老师和殷老师仍对学生非常爱护和关心。此次本书能够顺利出版，也离不开刘老师从中牵线。

特别感谢我读研时的导师童世骏老师。记得童老师第一次给我们布置期末作业，是要求阅读魏特夫的一篇英语文献并写出评述文章。我在作业中模拟伯林、波普尔等人的口气，虚构了一次他们和魏特夫的对话。童老师在指出不足的同时，对这种有趣的写法表示了肯定。老师的鼓励无疑是学生进行更多有趣尝试的动力。

特别感谢本书的编辑谭宇墨凡老师。墨凡老师待人真诚，眼光独到、专业素养很强，他给出的建议往往切中要害，恰到好处。和他交流，会有如沐春风之感，非常愉快，也让我颇为受益。

2020 年以前，我从不上金庸相关论坛，也没有加入过任何金庸相关群聊。近几年通过网络结识了一些志同道合的金迷朋友，也先后认识了彭洁明老师、刘国重老师两位颇有盛名的金庸研究者，并成为好友。彭老师是平辈学人，和我的人生经历有不少相似，颇有知音之感。刘国重先生是金庸研究功力深湛的前辈，金学著作等身，令人敬佩不已。和他们交流我很是受益。通过金庸，也有缘结识了孙小方、令狐小跑等多位知交好友。我们聚在小小的金庸群，尽管后来群里绝少聊到金庸。

还要感谢我初中时最好的四位朋友：李翼、张超、赵刚、宫徽。他们和金庸一样，都是我青春时代最宝贵的人生记忆。

尤其要感谢我的家人。感谢我的母亲赵春芳女士。我过早失去父亲，但母亲却以加倍的母爱努力为我营造了一个温馨的成长氛围。我读中学时，她虽然极其偶尔地会管控我看课外书，但更多的时候她会从微薄的工资中挤出一些钱作为我自由购书的专项经费。感谢我的岳母况苏萍女士，这几年她和我母亲轮流帮我们照看女儿，分担了大量的家务。感谢我的太太王琛女士，没有她默默的支持，这本书就不会写出。没有她的敦促和监督，我可能比现在更加"不务正业"。感谢我的女儿蔡可衡小朋友，2019年她的出生，为我一鼓作气写成本书的第一篇文章提供了最强大的动力。

本书的主旨已在前言中说了很多，此处不再赘言。若算上附录中的文章，本书中内容的写作时间竟然整整跨越了十年。不由感慨万千。当然十年这个时间对于金庸小说的流传来说，或许只是一个瞬间。我从不指望自己的书能够为金庸小说贡献什么，正如没人会指望一块普通的手表可以为宇宙时间贡献什么。找到自己的时区，就走起来吧。若是恰巧遇到同一时区的朋友，指针对上了，便是找到了自己的价值。

一个人是不是真心喜欢某本书，不妨看他会不会把这本书推荐给自己的孩子看。我在恰当的时候，一定会把金庸小说推荐给我的女儿。当然对于一个女儿奴来说，"天意从来高难问"，人家爱不爱看还要另说。

只擅长写文章开头的我，便套用某部世界名著的开头句式来作为后记的结尾罢：

若干年后，当我喜滋滋地拆开快递包裹，激动又有些不安地把一箱金庸小说呈在女儿面前时，我一定会回想起，20世纪 90 年代某个北方小城夏季的晚上，一个十几岁的少年正好奇而又兴奋地盯着舅舅书架上那套十卷本的《天龙八部》。当时正值盛暑，"四下里静悄悄地，更没一丝凉风"。

2024 年 4 月于袖里珍奇斋

参考文献与推荐阅读

　　本书的定位是一部有趣的人文思想类的普及读物，尽管未必真的有趣。为了不影响读者的阅读体验，正文中所引用的观点或内容，一般只保留了其来源文献作者的姓名（有些也列了书名）。具体的出版信息，则以参考文献和进一步阅读书目的方式列于此。

　　为了方便读者查找引文和进一步阅读这些文献，所有参考著作，有中译本的，优先列出了中译本。需要说明的是，在涉及政治哲学和思想史方面的某些著作时，一些句子是从英文原文中直接翻译引用的，也有一些是在参考中译本基础上又根据英文原文做了改动。因此，一些引文的内容和中译本中的内容或许有所不同。

　　另外，本书引用金庸小说的部分，如非特别说明，均出自修订版。

百无一用的打狗棒：江湖政治信物的衰落与重新发明

［美］弗朗西斯福山：《政治秩序的起源：从前人类时代到法国大革命》，毛俊杰译，广西师范大学出版社，2014 年

［美］大卫·科泽：《仪式、政治与权力》，王海洲译，江苏人民出版社，2015 年

躲不掉的庙堂与黄药师的"又洪又专"之路

［美］詹姆士·斯科特：《逃避统治的艺术——东南亚高地的无政府主义历史》，王晓毅译，生活·读书·新知三联书店，2016 年

魏斌：《"山中"的六朝史》，生活·读书·新知三联书店，2019 年

陶姑姑的"强迫症"与江湖利维坦之梦

郝伟：《精神病学（第七版）》，人民卫生出版社，2013 年

［日］森田正马：《神经衰落和强迫观念的根治法》，臧修智译，人民卫生出版社，1996 年

［美］美国精神医学学会：《精神障碍诊断与统计手册（第五版）》，张道龙等译，北京大学出版社，2015 年

［美］卡伦·霍尼：《我们时代的神经症人格》，冯川译，译林出版社，2016 年

［英］霍布斯：《利维坦》，黎思复、黎廷弼译，商务印书馆，

1985 年

［美］朱迪丝·N.施克莱:《恐惧的自由主义》，收录在《政治
　　思想与政治思想家》，王容美、阎克文译，上海人民出版社，
　　2022 年

宝藏、秘笈、龙脉：宝物重要性排序的背后

关于对宏大叙事问题的思考，可以进一步阅读法国哲学家利奥
　　塔尔的著作，如《后现代状态：关于知识的报告》等。当然
　　利奥塔尔的这部著作主要侧重“知识”问题，和本文主题并
　　不相同。

［法］让–弗朗索瓦·利奥塔尔:《后现代状态：关于知识的报告》，
　　车槿山译，南京大学出版社，2011 年

江湖打工人改变命运的两种路径

［德］费希特:《对德意志民族的演讲》，梁志学译，商务印书馆，
　　2010 年

［英］以赛亚·伯林:《自由及其背叛：人类自由的六个敌人》，
　　赵国新译，译林出版社，2005 年

［德］马克斯·韦伯:《经济与社会（第一卷）》，阎克文译，上海
　　人民出版社，2010 年

［伊朗］拉明·贾汉贝格鲁:《伯林谈话录》，杨祯钦译，译林出

版社，2002 年

［日］渡边浩：《东亚的王权与思想》，区建英译，上海古籍出版社，
2016 年

假设《鹿鼎记》有"死亡笔记"

以赛亚·伯林对于"狐狸与刺猬"的讨论，主要集中在《刺猬
与狐狸》一文中。据伯林说，这本是希腊诗人阿奇洛克斯的
存世残编里的一句话"狐狸多知，而刺猬有一大知"（有时也
翻译为"狐狸知道很多事情，但刺猬只知道一件大事"，英文
为：The fox knows many things, but the hedgehog knows one big
thing.）。伯林由此引申，用"狐狸"和"刺猬"来比喻两类思
想家。"刺猬型"人物的思想带有一元论的特征，他们会"将
一切归纳于一种单一、普遍、统摄组织的原则"。"狐狸型"人
物的思想则具有多元论的特征，他们会追求很多没有关联甚至
互相矛盾的目的，不会把事物本身和本质纳入那种一元的内在
视野。在伯林看来，但丁、柏拉图、卢克莱修、帕斯卡、黑格尔、
陀思妥耶夫斯基、尼采、易卜生、普鲁斯特等人是刺猬型人物，
莎士比亚、希洛多德、亚里士多德、蒙田、伊拉斯默、莫里哀、
歌德、普希金、巴尔扎克、乔伊斯则属于狐狸型人物。

［英］以赛亚·伯林：《刺猬与狐狸》，收录于《俄国思想家》，彭

淮栋译，译林出版社，2001年

［英］以赛亚·伯林：《马基雅维利的原创性》，收录于《反潮流：观念史论文集》，冯克利译，译林出版社，2002年

［意］马基雅维利：《君主论》，刘训练译，中央编译出版社，2017年

金庸笔下失踪的历史与反抗者的乌托邦

［英］以赛亚·伯林曾在多篇文章中论及斯多葛学派哲人无奈退居内心城堡的故事。如《两种自由的观念》（收录于《自由论》）、《康德：一个鲜为人知的民族主义源头》（收录于《现实感：观念及其历史研究》）等。

［英］以赛亚·伯林：《自由论》，胡传胜译，译林出版社，2003年

［英］以赛亚·伯林：《现实感：观念及其历史研究》，潘荣荣等译，译林出版社，2004年

"猎巫"战争与武林道义

［英］罗纳德·赫顿：《巫师：一部恐惧史》，广西师范大学出版社，2020年

［美］迈克尔·沃尔泽《正义与非正义战争：通过历史实例的道德论证》，江苏人民出版社，2008年

［美］丹尼尔·希罗：《为什么不杀光？种族大屠杀的反思》，生活·读书·新知三联书店，2012 年

［美］克劳斯·P. 费舍尔：《强迫症的历史：德国人的犹太恐惧症与大屠杀》，佘江涛译，译林出版社，2017 年

［英］以赛亚·伯林：《浪漫主义的根源》，吕梁等译，译林出版社，2008 年

［美］马克·里拉：《狼与羊》，收录于马克·里拉、罗纳德·德沃金、罗伯特·西尔维等编著：《以赛亚·伯林的遗产》，刘擎、殷莹译，新星出版社，2006 年

被制造的江湖政治女性

［法］孟德斯鸠：《论法的精神》，张雁深译，商务印书馆，1995 年

［英］佩里·安德森：《绝对主义国家的系谱》，刘北成、龚晓庄译，上海人民出版社，2018 年

［美］让·爱尔斯坦：《公共的男人 私人的女人》，葛耘娜、陈雪飞译，生活·读书·新知三联书店，2019 年

解剖丐帮：一台战时机器的进化与停转

［法］卢梭：《社会契约论》，何兆武译，商务印书馆，2003 年

岳不群的美梦虚竹的命：帮派兼并正当可行吗？

［法］卢梭：《社会契约论》，何兆武译，商务印书馆，2003 年

［美］斯蒂芬·沃尔特：《联盟的起源》，周丕启译，北京大学出版社，
　　2007 年

Karen Barkey，*Empire of Difference: The Ottomans in Comparative
　　Perspective*，*Cambridge University Press*，2008（目前无中译本）

［荷］田海：《天地会的仪式与神话：创造认同》，李恭忠译，商
　　务印书馆，2018 年

武当侄婶命不同：“护短”与“清理门户”

［德］尤尔根·哈贝马斯：《在事实与规范之间：关于法律和民主
　　法治国的商谈理论》，童世骏译，生活·读书·新知三联书店，
　　2003 年

［德］尤尔根·哈贝马斯：《交往行为理论：第一卷 行为合理性与
　　社会合理化》，曹卫东译，上海人民出版社，2004 年

当江湖中人对抗“内卷”：为何越抗越“卷”

［德］卡尔·施米特：《政治的概念》，刘宗坤、朱雁冰等译，上
　　海人民出版社，2015 年

［德］卡尔·施米特：《政治的神学》，刘宗坤、吴增定等译，上
　　海人民出版社，2015 年

大侠的户口本与遍布江湖的"电子眼"

福柯在《规训与惩罚：监狱的诞生》一书的第四部分第一章"彻
底而严厉的制度"中集中讨论了全景式监狱（"全景敞视教养
所"）。这种监狱机器的基本要求主要有两点：一是让犯人仿佛
置身在"希腊哲学家的玻璃房"中，即犯人的一切是对外敞开
的，可被监视的。二是监狱会有一个可以持续监视犯人和监狱
其他工作人员的中心点。

［法］卢梭：《社会契约论》，何兆武译，商务印书馆，2003 年

［德］卡尔·施米特：《政治的神学》，刘宗坤、吴增定等译，上
海人民出版社，2015 年

［法］米歇尔·福柯：《规训与惩罚：监狱的诞生》，刘北成、杨
远婴译，生活·读书·新知三联书店，2003 年

插兄弟一刀的郭大侠

文中提到的关于认同是"做成的"还是"现成的"这个说法出自
尤尔根·哈贝马斯《后民族结构》一书。这个译法则是借鉴了
童世骏先生著作中的引文翻译。可以参见童世骏的《批判与实
践：论哈贝马斯的批判理论》第 9 章"政治与文化"。

童世骏：《批判与实践：论哈贝马斯的批判理论》，生活·读书·新
知三联书店，2007 年

［德］尤尔根·哈贝马斯：《后民族结构》，曹卫东译，上海人民出版社，2002 年

陈独秀：《论暗杀暴动及不合作》，收录于《陈独秀著作选编（第三卷）》，上海人民出版社，2009 年

"不义之忠"和"不忠之义"间的慕容四家臣

［英］史怀梅：《忠贞不贰？辽代的越境之举》，曹流译，江苏人民出版社，2015 年

昆仑掌门何太冲：一个讲"大义"的"坏人"？

［美］毛里齐奥·维罗里：《关于爱国：论爱国主义与民族主义》，潘亚玲译，上海人民出版社，2016 年

［以］耶尔·塔米尔：《自由主义的民族主义》，陶东风译，上海译文出版社，2005 年

"江湖不值得"的背后：从风清扬变成岳不群总共要几步

［美］朱迪丝·N. 施克莱：《平常的恶》，钱一栋译，上海人民出版社，2018 年

伪君子与暴虐狂谁更坏：恶人榜排名的生成及其政治意蕴

［美］朱迪丝·N. 施克莱：《平常的恶》，钱一栋译，上海人民出版社，

2018 年

［美］汉娜·阿伦特《论革命》，陈周旺译，译林出版社，2007 年

附录一：桂王拥唐与天地会拥桂：从《鹿鼎记》的一处历史错误说起

顾诚：《南明史》，光明日报出版社，2011 年

司徒琳：《南明史：1644—1662》，李荣庆等译，上海书店出版社，
　　2007 年

赵尔巽等：《清史稿》，中华书局，1998 年

《清史列传》，王钟翰校注，中华书局，1987 年

阮旻锡：《海上见闻录定本》，厦门郑成功纪念馆校，福建人民出
　　版社，1982 年

望 MOUNTAIN
登自己的山

主　　编｜谭宇墨凡
策划编辑｜谭宇墨凡

营销总监｜张　延
营销编辑｜狄洋意　　许芸茹　　韩彤彤

版权联络｜rights@chihpub.com.cn
品牌合作｜tanyumofan@chihpub.com.cn

野 SPRING 望
MOUNTAIN

Room 216, 2nd Floor, Building 1, Yard 31,
Guangqu Road, Chaoyang, Beijing, China